घर

[उपन्यास]

घर

विभूति नारायण राय

राधाकृष्ण

नयी दिल्ली पटना इलाहाबाद

ISBN : 978-81-8361-388-0

घर (उपन्यास)

पहला संस्करण : 2010

मूल्य : 150 रुपये

प्रकाशक
राधाकृष्ण प्रकाशन प्राइवेट लिमिटेड
7/31, अंसारी मार्ग, दरियागंज, नई दिल्ली-110 002

शाखाएँ : अशोक राजपथ, साइंस कॉलेज के सामने, पटना-800 006
पहली मंजिल, दरबारी बिल्डिंग, महात्मा गांधी मार्ग, इलाहाबाद-211 001

वेबसाइट : www.radhakrishnaprakashan.com
ई-मेल : info@radhakrishnaprakashan.com

आवरण : राधाकृष्ण स्टूडियो

मुद्रक
बी.के. ऑफसेट
नवीन शाहदरा, दिल्ली-110 032

GHAR
Novel by Vibhuti Narayan Roy

मनू के लिए

घर

समीकरण पेंशन और बाजार-भाव का

मुंशीजी का दिन शुरू हो गया है। पीली, मटमैली धूप के चकत्ते बीमार शरीर पर फैले कोढ़ के दाग की तरह छत पर इधर-उधर पसर गए हैं। रिटायर होने के बावजूद मुंशीजी बहुत सारी आदतें नहीं छोड़ पाए हैं, जिनमें से एक अलस्सुबह धूप की उजास में बैठकर अखबार पढ़ना है। उन दिनों जब मुंशीजी को भोर में उठकर ट्यूशन पढ़ाने तीन मील पैदल जाना पड़ता था, तब भी वे इसी तरह अपने दिन की शुरुआत करते थे और आज जब पूरा दिन खाली-खाली-सा बीतता है, तब भी दिन की शुरुआत इसी तरह होती है। फर्क सिर्फ इतना आया कि उन दिनों भाग-दौड़ में सिर्फ हेडलाइन्स देख पाते थे, पूरी खबरें तो सबेरे के तीनों ट्यूशन खत्म करने के बाद खाना खाते समय या स्कूल जाते समय रास्ते में पढ़ पाते थे। आजकल तो पूरा अखबार एक बैठक में चाट जाते हैं। यहाँ तक कि फिल्मी पन्ने से लेकर बाजार-भाव तक कुछ भी नहीं बचता। अखबार पढ़ते समय वे लगातार बीड़ियाँ फूँकते रहते हैं और जब तक अखबार खत्म होता है, तब तक खत्म होनेवाली एक बंडल बीड़ियाँ अपना असर दिखाने लगती हैं और उन्हें पाखाने की तलब महसूस होने लगती है।

हालाँकि आज का दिन अन्य दिनों की अपेक्षा कुछ विशिष्ट था लेकिन

शुरू इसी तरह हुआ। महीने में एक दिन उन्हें पेंशन लेने सरकारी खजाने तक जाना पड़ता है। यही एक दिन ऐसा होता है जब उन्हें बहुत सारी चीजें सार्थक लगने लगती हैं। उस दिन वे झाड़-पोंछकर उस कोट को एक बार फिर से पहनते हैं जिसे वे शुरू से ही खास मौकों पर पहनते आए हैं। उनकी घटना-विहीन जिन्दगी में ये खास मौके कभी-कभी ही आते थे। जब कभी डिप्टी साहब का मुआयना होता या वे जिले के किसी अफसर को सलाम करने मुख्यालय जाते या बच्चों को बहका-फुसला कर तारा के साथ कभी-कभार सिनेमा देखने चले जाते--तभी इस कोट को पहनने की नौबत आती, वरना उन कस्बाई स्कूलों में जहाँ वे पढ़ाते रहे हैं, बिना इसे पहने उनका काम ज्यादा सहजता से चल जाता रहा है। रिटायर होने और तारा की मृत्यु में बाद तो इस कोट का इस्तेमाल और भी कम हो गया है। रिटायरमेंट के बाद शुरू-शुरू में जरूर उन्हें इस बात का शौक था कि शाम को अपने एकमात्र कोट को पहनकर वे पार्क की तरफ निकल जाएँ, देर तक टहलें, पेंशन-याफ्ता बाबुओं से दुनिया-भर की बातों पर बहसें करें और फिर लाइब्रेरी से होते हुए देर रात बीते घर ल़ौटें। लेकिन अब तो उन्होंने बाहर निकलना भी काफी कम कर दिया है। एक तो गठिया बीच-बीच में उभर आता है, दूसरे बाहर निकलते ही तरह-तरह की बातें सुननी पड़ती हैं, खासतौर से राजकुमारी के बारे में, इसलिए वे भरसक घर से कम ही निकलते हैं।

जाड़े की सुबह होने की वजह से धूप के धब्बे सुखद लग रहे थे। लेकिन उठना तो था ही क्योंकि अभी आधे-एक घंटे तो उन्हें नहाने-धोने में ही लग जाएँगे। तब तक बगल के बड़े बाबू की लड़की ट्यूशन पढ़ने आ जाएगी। पढ़ाते-पढ़ाते नौ बज जाएँगे और उन्हें भाग-दौड़ में कपड़ा पहनने से लेकर खाना खाने तक का काम करना पड़ेगा क्योंकि खजाने में जल्दी पहुँचकर बाबुओं की चिरौरी नहीं शुरू की तो पूरा दिन खराब और फिर दूसरे दिन इसी कार्यक्रम को दोहराना पड़ेगा। अपनी बेजान टाँगों में गर्माहट लाने के लिए उन्होंने उसे हथेलियों से रगड़ा, आगे-पीछे चलाया और फिर काँखते हुए उठ खड़े हुए।

मुंशीजी सीढ़ियाँ उतरकर गली में आए तो करीब नौ बज रहा था। जाड़े की सुबह धीरे-धीरे गर्मा रही थी। गली में अभी भी कुछ अंगीठियाँ अपने-अपने दरवाजे के सामने पड़ी सुलग रही थीं। गनीमत थी कि इस समय अंगीठियाँ काफी कम थीं, इसलिए धुआँ भी काफी कम हो गया था वरना सुबह इधर

से निकलना, मुंशीजी के लिए यातना से कम नहीं होता। रिटायर होने के पहले मुंशीजी छोटे-छोटे देहाती या कस्बाई स्कूलों में रहे थे जहाँ और चाहे जितनी असुविधाएँ रही हों, कम-से-कम, हवा तो साफ मिलती थी। मुंशीजी का मन विरक्ति से भर गया। उनकी कितनी साध थी कि रिटायर होने के बाद अपने गाँव चलकर रहा जाए। रिटायरमेंट करीब आने पर जिद्द करके मुंशीजी ने गाढ़े वक्त के लिए बचाया हुआ प्राविडेंट फंड का आधा पैसा निकालकर गाँव में पैतृक मकान के पास अपने लिए एक अलग मकान बनाने पर लगा दिया था। तारा ने बहुत समझाया कि मौका पड़ने पर भाई-भौजाई कोई साथ नहीं देगा। लेकिन वे नहीं माने। आज न तारा है और न ही मुंशीजी को भाइयों-भौजाइयों ने गाँव में फटकने दिया। मुंशीजी ने धुएँ की कड़ुआहट से बचने के लिए आँखें बन्द कर लीं। पता नहीं वह धुएँ का तीखापन था या तारा की याद, उनकी आँखों में पानी छलछला आया। वे न तो फौजदारी कर सकते हैं और न ही उनके पास मुकदमेबाजी के लिए पर्याप्त धैर्य और पैसा ही है, इसलिए उन्हें इसी मकान में रहना है। मकान के बारे में सोचना उनके लिए हमेशा कष्टदायक होता है, लिहाजा उन्होंने अपने सर को झटका दिया और आस-पास बिखरे कूड़े और पाखाने के ढेर से बचकर गली पार करने लगे।

गली के मोड़ पर मुहल्ले के कुछ लड़के स्कूल जाने की तैयारी में खड़े सिटी बस का इन्तजार कर रहे थे। उन्हें देखते ही मुंशीजी के दिल की धड़कन बढ़ गई। अभी तक लड़कों ने उन्हें नहीं देखा था। वे आपस में ही चुहलबाजियाँ कर रहे थे और हँस रहे थे। मुंशीजी को लगा कि वे उन्हीं पर हँस रहे हैं और उनकी चाल और धीमी हो गई। वे गली की दीवार से सटकर चलने लगे ताकि कुछ देर और वे लड़कों के लिए अदृश्य बने रहें। इतना तो वे बचपन में परभू से भी नहीं डरते थे। परभू का घर ठीक स्कूल जाने के रास्ते में पड़ता था। जब तक गाँव का स्कूल छूटा नहीं, मुंशीजी के लिए स्कूल की तैयारी परभू की उपस्थिति से जुड़ी रही। कितना मनाते थे कि आज परभू से मुलाकात न हो लेकिन परभू तो जैसे रोज उन्हीं की ताक में बैठा रहता था। उन्हें देखते ही उनके चेहरे पर कुटिल मुस्कान दौड़ जाती थी। कितना छेड़ता था उन्हें, रोज वे रुआँसे हो जाते, कभी-कभी तो रोने लगते। अक्सर माँ के कमरे में छिप जाते लेकिन स्कूल जाने के वक्त पिता ढूँढ़ ही निकालते। गाँव का स्कूल छूटने पर ही उससे मुक्ति मिली थी। बरसों बाद चटखारे ले-लेकर उन्होंने तारा को अपने छेड़े जाने की कथा सुनाई

थी। कभी-कभी तारा भी शरारतन परभू की नकल में उन्हें लड़की कहकर चिढ़ाती थी लेकिन पहले की तरह न तो उनकी कनपटी लाल होती थी और न ही आवाज रुँधती थी। वे सहज भाव से हँस देते थे।

लड़के बहुत करीब आ गए थे। उनमें से कुछ की नजर मुंशीजी पर पड़ी। उनकी आँखों में शरारत तैर गई। निर्विकार तटस्थता का भाव चेहरे पर ओढ़े मुंशीजी ने उनके बगल से गुजर जाना चाहा। उनके बगल में पहुँचते ही एक लड़के ने अपनी बाँई आँख दबाई और अस्फुट स्वर में कुछ कहा। सारे लड़के हो-हो करके हँसने लगे। मुंशीजी के कानों में केवल 'राज' शब्द पड़ा। उनकी चाल तेज हो गई। गर्दन झुकाकर वहाँ से निकल जाना क्या इतना आसान था ? अक्सर यही होता है। लगता है, जलती झाड़ियों में से होकर निकल रहे हैं। लाख बचाने पर भी अन्दर-बाहर कुछ-न-कुछ जल जरूर जाता है। काफी दूर आकर मुंशीजी ने दम लिया। तेज चलने के कारण उनकी साँस फूलने लगी थी। लड़के पीछे छूट गए थे और अपमान व पीड़ा का दंश लिये मुंशीजी धीरे-धीरे घिसटने लगे।

शुरू-शुरू में यह अपमान ज्यादा सालता था लेकिन अब तो मुंशीजी इसके आदी होते जा रहे हैं। पहले जब कभी बाहर से इस तरह अपमानित होकर मुंशीजी लौटते; घर आकर राजकुमारी की बेतरह धुनाई करते। मारते-मारते जब थक जाते तो छत पर एक कोने मुँह लपेटे पड़े रहते। उस समय तारा की याद आती। अगर कहीं तारा जीवित होती तो इतना मार पाते राजकुमारी को ? कितना चाहती थी इसे—लड़कों से भी ज्यादा। तारा जिन्दा होती तो यह नौबत ही क्यों आती। बिन माँ की लौंडिया को भटकने में कितना वक्त लगता है ? फिर अब तो राजकुमारी की बात सोचकर मुंशीजी खुद शरमाने लगे हैं। उसकी इस स्थिति के लिए मुंशीजी क्या कम जिम्मेदार हैं। शादी की उम्र निकलती ही जा रही है, अभी तक मुंशीजी कोई जुगाड़ नहीं बैठा पाए। गाँव के घर को ठीक कराने के लिए निकाले गए रुपयों के बाद प्राविडेंट-फंड में नौ हजार रुपए बचे थे। सोचा था, इतने में राजकुमारी के हाथ पीले कर देंगे। बीच ही में तारा बीमार पड़ गई। बदहवास मुंशीजी ने उसके इलाज के लिए बेतहाशा कर्जे लिये। वे किसी भी कीमत पर तारा को बचाना चाहते थे। उन्हें पता था कि अगर तारा ने भी साथ छोड़ दिया तो रिटायरमेंट के बाद बाकी बची जिन्दगी को गुजारना किस कदर यातना-पूर्ण होगा। उनके सारे प्रयत्नों के बावजूद तारा बचाई नहीं जा सकी। सारे खर्चे चुकाने के बाद प्राविडेंट-फंड में महज साढ़े पाँच हजार और बचे थे। इस

पूँजी को लेकर वे बाजार में राजकुमारी के लिए लड़का ढूँढ़ने निकले। शुरू में कुछ मिले भी लेकिन किसी का डील-डौल, रूप-रंग मुंशीजी को पसन्द नहीं आया, कोई दुहाजू था तो किसी की माँग मुंशीजी के सामर्थ्य के बाहर निकली। जब तक मुंशीजी की समझ में यह बात आई कि पाँच-छह हजार रुपए लेकर सौदा तय करते समय वे अपनी पसन्द-नापसन्द की बात नहीं सोच सकते, तब तक काफी देर हो चुकी थी। अब तो राजकुमारी की आँखों के नीचे वर्षों के इन्तजार से पड़े काले धब्बे स्पष्ट झलकने लगे थे। अभाव और उपेक्षा से टूटा हुआ शरीर भी जवानी के शुरूवाले दिनों की चमक ज्यादा दिनों तक क़ायम नहीं रख सका था और अट्ठाइस साल की उम्र में ही राजकुमारी बुढ़िया लगने लगी थी। अब तो तीन-चार बच्चों के बाप दुहाजू लड़के भी राजकुमारी को देखकर खामोश रह जाते और मुंशीजी के बहुत आजिजी से चिरौरी करने पर लेन-देन की उस सीमा तक पहुँच जाते जिसे छूना मुंशीजी के सामर्थ्य के बाहर होता। पिछले कुछ दिनों से मुंशीजी चुपचाप बैठ गए हैं। बार-बार का अपमान अब बर्दाश्त नहीं होता। फर्क सिर्फ इतना आया है कि जिन्दगी-भर के अविश्वासी मुंशीजी ने नियमित पूजा-पाठ शुरू कर दिया है। रोज सबेरे थोड़ी देर पूजा पर बैठने का नियम बना लिया है। मन्त्र-वन्त्र तो कुछ आता नहीं–जिन्दगी में कभी याद किया नहीं तो आए कैसे–बस चुपचाप आसन पर बैठकर आँखें मूँदे रहते हैं। शुरू-शुरू में पहले कुछ शान्ति मिलती थी पर अब तो घबराहट होने लगी है। खाली दिमाग में कैसे-कैसे विचार आते हैं। कभी राजकुमारी के बारे में, कभी विनोद के बारे में। अक्सर घबराहट में आँखें खुल जाती हैं और उस दिन उनकी पूजा जल्दी खत्म हो जाती है। लेकिन इसके बावजूद वे पूजा पर बैठते जरूर हैं। केवल पेंशन पानेवाले दिन इसमें नागा पड़ता है।

सोचते-सोचते न जाने कब कटरा पार कर मुंशीजी कचहरी के करीब पहुँच गए। अभी सिर्फ सवा दस बजा था। साढ़े दस बजे के पहले दफ्तर में कोई क़ाम नहीं होगा, इसलिए नीम के पेड़ की छाया में खड़े होकर मुंशीजी सुस्ताने लगे। आस-पास चारों तरफ देखने पर भी कोई परिचित चेहरा नहीं दिखा। पहले हमेशा यहाँ तक पहुँचने पर दो-चार पेंशनयाफ्ता परिचित चेहरे दिखाई दे जाते थे। हो सकता है आज घड़ी कुछ तेज हो इसलिए मुंशीजी कुछ पहले आ गए हों। उन्होंने अपनी कलाई घड़ी को देखा। कितनी साध से जिद करके तारा ने यह घड़ी उनके लिए खरीदी थी। नई-नई नौकरी में मुंशीजी को हमेशा देर हो जाती। हेडमास्टर बहुत खूँखार था, रोज डाँटता।

तारा ने काफी मेहनत से छोटी-छोटी जरूरतें काट-काट कर रुपए बचाए थे। मुंशीजी ने सोचा था कि तारा के लिए कोट बनवा देंगे। बेचारी हर साल जाड़ों में कितनी तकलीफें झेलती थी, लेकिन तारा की जिद के आगे उनकी एक न चली। नौकरी की शुरुआत में खरीदी गई घड़ी चालीस साल से उनके साथ थी। अब न लापरवाह हो गए हैं। पहले घड़ी की सफाई वगैरह का बड़ा ध्यान रखते थे। अब तो कभी-कभी, कई-कई दिनों तक चाभी भी नहीं देते। घटना-विहीन जिन्दगी में अब वक्त बहुत मायने भी तो नहीं रखता। सामने से त्रिवेणी चला आ रहा था। मुंशीजी ने छुटकारे की साँस ली। अतीत की अँधेरी सुरंग में भटकना कितना कष्टप्रद हो गया है।

त्रिवेणी ने आते ही मुंशीजी के पैर छुए। मुंशीजी को सुख मिला। त्रिवेणी मुंशीजी का शिष्य रह चुका था। बस्ती जिले के किसी तहसील मुख्यालय पर स्थित स्कूल में मुंशीजी ने उसे पढ़ाया था। नायब तहसीलदार का बेटा था, त्रिवेणी। उस के बाप के जरिये मिलनेवाली छोटी-मोटी सुविधाओं ने उसे अभावग्रस्त अध्यापकों के बीच काफी लोकप्रिय बना दिया था। मुंशीजी को तो वह कुछ खास ही प्रिय था। वे उसके घर ट्यूशन पढ़ाने जाते थे। हर महीने नायब साहब उन्हें पूरे दस रुपए गिनकर देतें थे। उस समय के लिहाज से दस रुपए बहुत ज्यादा थे। बाद में पैसे का कोई महत्त्व नहीं रहा, मुंशीजी घर के आदमी हो गए। तारा के मायके वगैरह जाने पर अकसर वहीं खाना भी खा लेते और नायब साहब से गप्पें लड़ाते वहीं सो जाते। रिटायरमेंट के बाद त्रिवेणी से यकायक मुलाकात हो गई। इसी तरह खजाने के खुलने के इन्तजार में मुंशीजी खड़े थे कि किसी ने आकर पैर छुए। पहचानने में ज्यादा वक्त नहीं लगा। बस्ती छोड़ने के बाद भी त्रिवेणी से मुलाकात होती रही थी। नायब साहब बाद में तहसीलदार हो गए थे। तबादलों के दौर में कई बार मुंशीजी और वे टकराए थे। बाद में कई साल बाद त्रिवेणी से मुलाकात होने पर उन्हें पता चला कि वे मर गए और त्रिवेणी अब वहीं ठेकेदारी कर रहा था। पी.डब्ल्यू.डी. का दफ्तर कचहरी से एकदम सटा हुआ था। मुंशीजी से पेंशनवाले दिन अक्सर त्रिवेणी से वहीं मुलाकात हो जाती थी।

त्रिवेणी हमेशा वही सवाल पूछता है। राजकुमारी कैसी है—शादी का क्या चल रहा है—विनोद की नौकरी का क्या हुआ—पप्पू इस बार तो पास कर लेगा न—? मुंशीजी हमेशा वही उत्तर देते हैं। उन्हें कभी भी ऊब नहीं महसूस होती ! और कोई पूछता तो शायद होती लेकिन त्रिवेणी के स्वर का अपनत्व

उन्हें हमेशा अच्छा लगता है। इस भरे-पूरे शहर में एक ही तो आदमी है जो इतने लगाव से उनसे ऐसे सवाल करता है। वरना लोग कितने औपचारिक हो गए हैं। आवाज में बिना किसी उतार-चढ़ाव के कितने बड़े-बड़े सवाल कर जाते हैं। पहले जब मुंशीजी रोज टहलने निकलते थे तो दिन-रात साथ टहलने वाले पेंशनर्स की तटस्थ निर्वैयक्तिकता मुंशीजी को भीतर तक छील जाती थी।

मुंशीजी गम्भीरता से त्रिवेणी के सवालों का जवाब देते रहे हैं। राजकुमारी की शादी तो पिछले कई सालों से पक्की है। लड़के को छुट्टी नहीं मिलती इसलिए टलती जा रही है, इस बार साफ लिख दिया है कि करनी हो तो जाड़ों तक करो, नहीं तो हमें अपनी लड़की घर बैठाकर बूढ़ी नहीं करनी है। मुंशीजी जानते हैं कि, त्रिवेणी जानता है कि वे झूठ बोल रहे हैं फिर भी वे हर बार की तरह पूरी गम्भीरता से झूठ बोलते हैं। मुंशीजी बड़े गौर से त्रिवेणी की आँखों में झाँकते हैं। त्रिवेणी की आँखों में कहीं भी वैसा भाव नहीं है जैसा अकसर राजकुमारी की बात चलने पर उनके कई परिचितों और मुहल्लेवालों की आँखों में आ जाता है। यहाँ तक कि पचपन साल के पड़ोसी बड़े बाबू की आँखों में भी राजकुमारी का जिक्र चलने पर कैसी वहशी चमक आ जाती है। थू—मुंशीजी के मुँह का स्वाद कड़ुआ हो जाता है। साला बड़ा बाबू। मुंशीजी उसका अपने घर में आना इसलिए बरदाश्त करते हैं, क्योंकि बड़े बाबू की लड़की मुंशीजी के यहाँ ट्यूशन पढ़ने आती है और मुंशीजी को तीस रुपए हर महीने बड़े बाबू से मिलते हैं। एक बार विनोद का कुछ सिलसिला जम जाए, फिर इस बड़े बाबू से भी मुंशीजी निपट लेंगे।

विनोद के बारे में मुंशीजी और चाहे सबसे झूठ बोलें लेकिन त्रिवेणी से कभी झूठ नहीं बोलते। विनोद ने पिछले दिनों कई जगह अप्लाई किया था। कहीं कोई टिप्पस नहीं भिड़ा। मुंशीजी उत्सुकता से त्रिवेणी को सारे विवरण बता रहे हैं। त्रिवेणी को यह बताने के पीछे खास कारण है। कई बार त्रिवेणी ने हल्का-फुल्का आश्वासन दिया था कि अपने दफ्तर के बड़े साहब से कहकर विनोद को कहीं-न-कहीं लगवा देगा। उसके दफ्तर में ही कितनी कैजुअल जगहें निकलती रहती हैं। हर बार मुंशीजी इसी उम्मीद से उसे पूरा विवरण सुनाते थे कि वह अपनी तरफ से कोई-न-कोई पक्का आश्वासन देगा। उनका आत्मसम्मान इस बात को गवारा नहीं कर सकता कि अपने पुराने शिष्य के सामने आजिजी और गिड़गिड़ाहट के साथ अपने लड़के की नौकरी की बात करें। निश्चित था कि त्रिवेणी केवल अति व्यस्तता के कारण ही उनकी

मदद नहीं कर पा रहा था, नहीं तो वे अपने शिष्य को अच्छी तरह पहचानते थे। लेकिन ऐसे कब तक चलेगा ! कभी-न-कभी तो मुँह खोलकर कहना ही पड़ेगा, आज ही क्यों न कह डालें। अपने स्वर को खँखारकर सहज बनाने की कोशिश करते हैं। तरह-तरह से वाक्य-विन्यास करने की कोशिश करते हैं। बोलने के अन्दाज से बेफिक्री जाहिर करने की कोशिश करते हैं। लेकिन तमाम कोशिशों के बावजूद जब उनका स्वर फूटता है तो लगता है कि उनकी आवाज भर्रा गई है। हो सकता है कि यह उनका भ्रम रहा हो लेकिन यही भ्रम त्रिवेणी को भी हुआ इसलिए जब चौंककर त्रिवेणी ने उनकी तरफ देखा तो उससे निगाह मिलाने की ताब मुंशीजी में नहीं थी।

तय यह हुआ कि शाम को मुंशीजी विनोद को लेकर त्रिवेणी के घर जाएँगे और वहाँ से दोनों लोग बड़े साहब के बँगले जाएँगे। त्रिवेणी चला गया। मुंशीजी को पूरा बदन हल्का लगने लगा था। हालाँकि यह पहला मौका नहीं था। कई बार विनोद को लेकर वे बड़े साहबों के बँगलों पर गए थे लेकिन त्रिवेणी के आश्वासन ने न जाने क्यों उन्हें पूरी तरह से आश्वस्त कर दिया था। इसके पहले त्रिवेणी जैसा ईमानदार मददगार मिला भी कब था ? इसके पहले लगभग हर बार सबेरे साथ घूमनेवाला कोई-न-कोई रिटायर्ड बाबू होता था जो बड़ी-बड़ी डींगें हाँककर मुंशीजी को किसी ऐसे बड़े साहब के बँगले पर ले जाता था जो उस बाबू के साथ कहीं-न-कहीं छोटे साहब के तौर पर रह चुका होता था। काफी देर बाहर बैठने या खड़ा रहने के बाद जब मुलाकात होती तो लगभग एक जैसी कहानी हर जगह दुहराई जाती। हर जगह बड़ा साहब बताता कि किस तरह जब वह छोटा साहब था उसने अपने बड़े साहब को पानी भरवा दिया था। रिटायर्ड बाबू उसे पुरानी गौरव-गाथा की एक-एक कड़ी याद दिलाता जाता था। पुरानी चापलूस मुस्कान एक बार फिर उसके चेहरे पर चिपक जाती। अपनी ईमानदारी, सख्ती और तेज-तर्रारी पर रिटायर्ड बाबू की सहमति की मोहर लगवाते-लगवाते, बड़ा साहब बड़े अनुग्रह के साथ चाय पिलाता और चलते-चलते जब मतलब की बात आती तब बड़े साहब के कहीं-न-कहीं जाने का वक्त हो जाता और जल्दी ही कुछ-न-कुछ होने का आश्वासन पाकर मुंशीजी थके मन से बाहर निकल आते।

इसी बीच दो-तीन पेंशनर्स और आ गए थे। मुंशीजी खुले मन से सबसे बातें करते रहे। रोज की पस्तहिम्मती और चिड़चिड़ापन न जाने कहाँ चला गया है। अकसर साथ रहनेवाले सुरिन्दर बाबू चश्मे के कोने से देखते हैं।

मुंशीजी बीच-बीच में हँसते भी हैं। मुंशीजी सचमुच आज बहुत खुश हैं। बात करते-करते न जाने कहाँ खो जाते हैं। अब नहीं करेंगे एक भी ट्यूशन, कितनी बार का सोचा हुआ वाक्य फिर दिमाग में कौंधता है। बस एक बार विनोद की नौकरी लग जाए। जिन्दगी में बहुत काम किया मुंशीजी ने, अब कुछ दिन तो आराम कर लें। कितने सारे काम हैं जो मुंशीजी ने विनोद की नौकरी पर छोड़ रखे हैं। इस बार राजकुमारी की शादी जरूर कर देंगे चाहे दुहाजू, तिहाजू कैसा भी लड़का मिले। पप्पू हाईस्कूल पास कर ले तो उसका पालीटेकनिक में दाखिला करा देंगे। कहीं-न-कहीं लग जाएगा। फिर रह जाएगी सिर्फ विनोद की शादी। मुंशीजी बड़े मगन होकर एक-एक सपना सँजोते हैं। सुरिन्दर बाबू लगातार चश्मे के कोने से झाँकते हैं। मुंशीजी आसपास की बातचीत में हिस्सा ले रहे हैं और बीच-बीच में बिना वजह मुस्कुराने लगते हैं। जाहिर था कि शारीरिक रूप से उपस्थित होते हुए भी दिमागी तौर पर मुंशीजी अनुपस्थित थे, रह-रहकर वे चौंक उठते और पकड़े जाने पर हास्यास्पद बनने के भय से वापस अपने परिवेश में लौटने का प्रयत्न करते लेकिन सहसा भविष्य के सुखद हो जाने के अहसास में डूबे हुए होने के कारण वे फिर धीरे-धीरे अनुपस्थित होने लगते। केवल सुरिन्दर बाबू ही उन्हें पकड़ रहे थे।

वक्त हो गया था। धीरे-धीरे सभी लोग खजाने की तरफ बढ़ चले। फिर शुरू हुआ औपचारिकताओं का लम्बा और उबाऊ सिलसिला। यहाँ दस्तखत करो—उस फॉर्म को भरो—फलाने बाबू से मिलो। मुंशीजी यहाँ जल्दी थक जाते हैं। घर से पैदल यहाँ तक आने में भी उतनी थकान नहीं महसूस होती, जितनी यहाँ खड़े-खड़े या एक बाबू के यहाँ से दूसरे बाबू के यहाँ तक दौड़ने में आ जाती है। बीच-बीच में मुंशीजी थककर बरामदे में बैठ जाते हैं। ज्यादा देर बैठ भी नहीं सकते। उठ-उठकर अन्दर जाना पड़ता है। जरा भी गफलत हुई और कागज कहीं चूका तो फिर आज का बँटाढार। कल फिर आना पड़ेगा। दूसरे दिन आने का खयाल ही मुंशीजी को बार-बार चैतन्य कर देता है। वे जाकर क्लर्क के सामने खड़े हो जाते हैं और बार-बार झिड़कने के बावजूद नहीं हटते। इतनी बार इस दफ्तर में दौड़े हैं कि अब मान-अपमान कोई मायने नहीं रखता। पसीने में डूबे, मशीन की तरह कलम घसीटते बाबू की झिड़कियाँ कोई असर नहीं डालतीं। उन्हीं की तरह तमाम लोग खड़े हैं। दो बजे के करीब पैसा मिलता है। मुंशीजी इत्मिनान से धीरे-धीरे गिनते हैं—चौरानबे-पंचानबे-छियान्वे-सत्तानबे। पूरे सत्तानबे हैं। पेंशन के रुपयों में

से दो रुपये निकालकर क्लर्क को देते समय हमेशा मुंशीजी को खलता है। आज भी खला लेकिन कोई चारा नहीं। न दें तो न जाने कितने दिन दौड़ना पड़े। एक बार मुंशीजी ने भीड़-भाड़ का फायदा उठाकर रुपए नहीं दिए और विजेता का-सा सन्तोष लिये घर चले आए थे। सोचा था, बाद में बाबू को गिनती करते समय कहाँ पता चलेगा कि किसने अपना हिस्सा नहीं दिया। लेकिन अगले ही महीने जब बाबू ने तरह-तरह के आब्जेक्शन लगाकर मुंशजी को चार दिन तक दौड़ाया था तो मुंशीजी रुआँसे हो उठे। बाद में दोनों महीनों का हिस्सा देना पड़ा था। कभी-कभी बाबू अपने हिस्से के दो रुपए काटकर मुंशीजी के हाथ में पेंशन देता है, तब इतना नहीं खलता। एक बार रुपए हाथ में आ जाने पर उसमें से दो रुपए निकालकर देना ज्यादा खलता है।

मुंशीजी जेब में पैसे रखकर जल्दी से निकल भागना चाहते हैं। अकसर पैसे मिलने के बाद पेंशनयाफ्ता बुड्ढे किसी-न-किसी चाय की दुकान पर बैठ जाते हैं। चाय-पकौड़ी के साथ गप्पें लड़ाते हैं। न चाहते हुए भी दो-तीन रुपए खर्च हो ही जाते हैं। मुंशीजी के लिए दो-तीन रुपए मायने रखते हैं। कनखियों से चारों तरफ देखते हैं। एक दुकान पर धीरे-धीरे लोग इकट्ठे हो रहे हैं। वे लम्बा चक्कर काटकर निकल भागते हैं। एक बार कचहरी के बाहर निकल आने पर फिर वापस मुड़कर नहीं देखते।

बाहर निकलने के बाद मुंशीजी अपना शरीर सीधा करते हैं। पूरा शरीर दुख रहा है। हर महीने यही होता है। मौका मिलने पर त्रिवेणी का आश्वासन फिर दिमाग में खलल पैदा करने लगता है। ऐसा नहीं था कि खजाने में मुंशीजी के दिमाग से बात उतर गई हो लेकिन उसका तनाव जरूर कम हो गया था। वक्ती उत्तेजना खत्म हो जाने के बाद वे जरूर कुछ तटस्थता से उसके आश्वासन को जाँच सकते थे। ऐसा नहीं था कि ऐसा आश्वासन पहली बार मिला हो। पहले भी कई बार वे ऐसे सुखद तनाव से गुजरे थे लेकिन त्रिवेणी के आश्वासन में कुछ ठोस बात जरूर थी क्योंकि वे जानते थे कि त्रिवेणी सच्चे मन से उनका भला चाहता है। त्रिवेणी कहीं-न-कहीं विनोद को लगवा देगा। त्रिवेणी भला आदमी है। त्रिवेणी को उसके बड़े साहब बहुत मानते हैं। वे आश्वस्त हो गए।

नौकरी उनके घर की आर्थिक स्थिति को सुधारने के लिए ही नहीं बल्कि विनोद के लिए भी कितनी जरूरी थी, इसे वे अच्छी तरह जानते हैं। लड़का आत्मनिर्वासन की स्थिति में पहुँच गया है। अब तो उसे देखकर मुंशीजी को डर लगता है। चार साल पहले उसने बी.ए. पास किया था। एम.ए. कराना

मुंशी के सामर्थ्य के बाहर था। लिहाजा पढ़ाई छुड़वा दी। सोचा था कि छोटी-मोटी नौकरी में लग जाए तो प्राइवेट एम.ए. भी कर लेगा। तबसे नौकरी की तलाश का जो सिलसिला चला, वह अब तक जारी है। उसके इंटर करने के दो साल पहले मुंशीजी रिटायर हो चुके थे। तारा भी उसी साल मरी थी। कई बार सोचा कि प्राविडेंट-फंड से कुछ रुपया निकालकर विनोद को एम.ए. करा दें। लेकिन हिम्मत नहीं पड़ी। सामने राजकुमारी थी, पप्पू था और खुद उनकी जिन्दगी का न जाने कितना बड़ा हिस्सा था। एक बार नौकरी की बात तय होते ही विनोद और उन्होंने दरख्वास्तों और मुलाकातों का लम्बा सिलसिला शुरू कर दिया था। लेकिन हर बार एक ही जैसा अनुभव हुआ था।

नौकरी की तलाश ने अपमान और कुंठा के जो दंश चुभोए थे, उनसे मुंशीजी उतना नहीं टूटे थे जितना विनोद टूटा था। मुंशीजी स्पष्ट देख रहे थे कि साल-दर-साल किस तरह उसके चेहरे पर बेबसी और हीनता की पर्त चढ़ती चली जा रही थी। अब तो उससे बात करते मुंशीजी घबराते हैं कि कहीं रो न पड़े। पिछले कुछ दिनों से उससे बात करने का मौका भी कहाँ मिलता है। उनके उठकर तैयार होते-होते वह बाहर निकल जाता है। अगर किसी दिन नहीं निकल पाता है तब भी उनसे बात करने का अवसर न आए, इसका प्रयास बराबर करता रहता है। अक्सर वह रात में इतनी देर से लौटता है कि मुंशीजी या तो सो जाते हैं या सोने का नाटक किए पड़े रहते हैं। शुरू में, कुछ दिनों मुंशीजी ने जगकर उसका इन्तजार करने की कोशिश की थी लेकिन उसने और देर करनी शुरू कर दी। मुंशीजी समझ गए थे, इसलिए अब उसके आने पर अगर जगे भी रहते हैं तो नहीं बोलते। चुपचाप सोने का नाटक किए पड़े रहते हैं। राजकुमारी जीने के दरवाजे को खुला छोड़ देती है। दरवाजे की आवाज से ही पता चलता है कि वह आ गया है। रसोई में अगर बरतन खटकते हैं तो मुंशीजी जान जाते हैं कि खाना खा रहा है। अक्सर रसोई में कोई आहट नहीं होती, मतलब वह बाहर खाना खा आया है और चुपचाप सो जाएगा। शुरू-शुरू में मुंशीजी ने उसके दोस्तों से पता लगाने की कोशिश की थी कि दिन-भर वह कहाँ रहता है—क्या करता है, लेकिन बाद में झल्लाकर पूछताछ बन्द कर दी थी। उसके दोस्तों को भी कुछ निश्चित नहीं पता था। दरअसल उसके पुराने दोस्तों से अब उसके खास ताल्लुकात भी नहीं रह गए थे। कोई नौकरी कर रहा था तो कोई आगे पढ़ने में मशगूल था। विनोद सबसे अलग-थलग पड़ गया था।

विनोद राजकुमारी से छः साल छोटा था। इस साल बाईसवाँ पूरा करेगा। देखने में कैसा लगने लगा है ! मुंशीजी के कलेजे में हूक उठती है। बचपन में कितना गोल-मटोल था। राजकुमारी से पहले दो लड़के हुए थे। दोनों गुजर गए। राजकुमारी के जन्म के छः साल बाद विनोद पैदा हुआ था। तारा अपने जान से ज्यादा बेटे की सहेज करती थी। पति-पत्नी ने अपनी कितनी जरूरतें काट-काट कर बेटे की देखभाल की थी। मुंशीजी को अब भी याद है कि किस तरह वे और तारा उसके भविष्य को लेकर घंटों बहसें करते और कभी-कभी तो लड़ भी पड़ते। उनकी आँखें नम हो जाती हैं। पाँच साल बाद अप्रत्याशित रूप में पप्पू हुआ था लेकिन तब भी विनोद को मिलने वाले दुलार में कोई कमी नहीं आई। दरअसल पप्पू को सबसे छोटा हाने के बावजूद तारा ने विनोद से कम प्यार दिया। जाने क्यों, उसके मन में यह बात बैठी थी कि विनोद ही उनके घर का दारिद्र्य दूर करेगा। तारा को क्या पता था कि उसके मरने के कुछ ही दिनों बाद स्वस्थ, सुदर्शन विनोद पिचके गालों, बेतरतीब बढ़ी दाढ़ी-मूछों और धँसी आँखोंवाले युवक के रूप में तब्दील होकर उनके घर की आर्थिक दरिद्रता दूर करते-करते मानसिक रूप से खुद इतना दरिद्र हो जाएगा कि अपने बाप से आँखें मिलाकर बात करने भर का आत्मविश्वास भी नहीं बचा पाएगा।

आज त्रिवेणी के आश्वासन का गरूर खत्म होते ही मुंशीजी का मन फिर भारी हो गया है। शरीर से ज्यादा वे मन से थक गए हैं। वे पोस्ट ऑफिस में घुस जाते हैं और बरामदे की सीढ़ियों पर बैठ जाते हैं। जाड़े में अपराह्न की धूप अच्छी लगती है। सामने से कचहरी से लौटनेवालों की अथाह भीड़ जा रही है। सिटी बसें, टेम्पो, इक्के, रिक्शे, गाड़ियाँ—मुंशीजी खाली आँखों से भाग-दौड़ देख रहे हैं। भीड़ के बीच में नितान्त अकेले होने की अनुभूति मुंशीजी के लिए नई नहीं है। जिन्दगी में कभी किसी को दोस्त नहीं बना सके मुंशीजी। तारा को छोड़कर कोई ऐसा नहीं मिला जिससे खुलकर मुंशीजी ने सुख-दुख की बातें की हों। तारा के बाद तो और भी अकेले हो गए हैं। जब तक तारा थी, बेटी-बेटों से कुछ देर बातें हो जाती थीं, अब तो वह भी नहीं रहा। बच्चे बड़े हो गए थे और मुंशीजी के साथ उनका संवाद एकदम खत्म हो गया था। महज जरूरी बातें होती थीं और वह भी सिर्फ राजकुमारी से। राजकुमारी उनके और पप्पू-विनोद के बीच सेतु का काम करती थी। न जाने कब तक मुंशीजी उसी तरह चुपचाप बैठे रहे। सीढ़ी के उस कोने से जहाँ मुंशीजी बैठे थे, धूप तेजी से फिसलती जा रही थी।

मुंशीजी को हल्की-सी ठंडक लगी। वे उठ खड़े हुए। सामनेवाली सड़क का रेला अभी भी अन्तहीन था। वे भी चुपचाप उसी में शरीक हो गए।

पेंशनवाले दिन मुंशीजी हल्की-फुल्की खरीदारी करते हैं। ज्यादातर सामान तो वे शंकर के यहाँ से लेते हैं, जो उन्हीं की तरह मुहल्ले के बहुत सारे लोगों की विवशता है। सामान महँगा जरूर देता है लेकिन उधार तो दे देता है। उधार वसूलते समय जलील जरूर करता है लेकिन महीने के किसी दिन कुछ जरूरत पड़ जाने पर मना भी नहीं करता। थोड़ी बहुत खरीदारी करने मुंशीजी कटरा की तरफ निकल आते हैं। उन्हें पता नहीं है कि क्या-क्या खरीदना है। चुपचाप एक-एक दूकान देखते हैं। कुछ चीजों के दाम पूछते हैं। दाम सुनकर चुपचाप सिर हिलाते हैं और आगे बढ़ जाते हैं। हर महीने की तरह दामों में कुछ-न-कुछ बढ़ोत्तरी हुई थी। हर महीने की तरह वे पेंशन और बाजार भाव में समीकरण बिठाने की कोशिश करते हैं। हर महीने की तरह उनका समीकरण गड़बड़ा जाता है।

चलते-चलते वे मन में हिसाब करते जाते हैं। जेब में पंचानबे रुपए हैं। शंकर को डेढ़ सौ से कम क्या देना पड़ेगा। अभी तीन ट्यूशनों से एक सौ बीस रुपए और मिलेंगे। कुल हो जाएँगे दो सौ पन्द्रह रुपए। गनीमत है कि मकान मालिक को सिर्फ दस रुपए देने पड़ते हैं। कुल किराया है चालीस रुपए। बाकी तीस रुपयों के एवज में वे उसकी लड़की को एक घंटा रोज पढ़ाते हैं। शंकर का हिसाब चुकाने के बाद लगभग पैंतालिस-पचास बचेगा। दूधवाले को तीस रुपए देने के बाद बचे पन्द्रह और अखबारवाले को भी रुपए देने के बाद छः रुपए बच जाएँगे। पप्पू दो साल से हाईस्कूल का प्राइवेट इम्तहान दे रहा है, इसलिए उसकी पढ़ाई वगैरह पर हर महीने खर्च करने की जरूरत नहीं पड़ती। विनोद कभी भी अपने लिए एक पैसा नहीं लेता। हालाँकि उसने कभी नहीं बताया लेकिन मुंशीजी जानते हैं कि वह ट्यूशन करता है और अपने जेब खर्च के लिए मुंशीजी को परेशान नहीं करता। महीने-भर के लिए चाय, चीनी, तेल, साबुन, सब्जी वगैरह के लिए कम-से-कम चालीस रुपए और चाहिए। जाड़ा हालाँकि अभी पूरी तरह से आक्रामक नहीं हुआ है लेकिन जल्दी ही काफी तेजी पकड़ लेगा। मुंशीजी पिछले कई सालों की तरह इस बार भी एक नई रजाई बनवाने का फैसला करते हैं। नौकरी के दिनों की बनवाई तीन रजाइयाँ घर में थीं। जब तक पप्पू छोटा था राजकुमारी के साथ एक रजाई में उसका सोना अटपटा नहीं लगता था लेकिन अब दोनों को एक ही रजाई मे सोते देखकर मुंशीजी को घबराहट होने लगती

है। इस बार जरूर बनवा लेंगे। मन-ही-मन वे हिसाब लगाते हैं। पचास-साठ में काम लायक रजाई बन सकती है। अगर दूध लेना दो महीने बन्द कर दें तो रजाई जरूर बन जाएगी। लेकिन दूध बन्द करवा पाना क्या इतना आसान है ? मुंशीजी चाय के पुराने शौकीन रहे हैं। जिन्दगी में इसके अलावा और कोई शौक भी तो नहीं किया उन्होंने। फिर बच्चों को सुबह चाय के सिवा और देते भी क्या हैं ? इसे भी बन्द कर देने से कैसे चलेगा। हर बार की तरह अखबार दूसरा निशाना बनता है लेकिन नौ रुपए बचाकर होगा भी क्या ? अखबार वे कई बार बन्द कर चुके हैं। पड़ोस के बड़े बाबू से माँगकर पढ़ने का नाटक भी कई बार शुरू हुआ पर कभी भी ज्यादा दिन तक नहीं चल सका। अपने पैसे से खरीदकर अखबार पढ़ना मुंशीजी के दरिद्र मन को कहीं न कहीं सहलाता है। उनकी गली में केवल वे और बड़े बाबू ही अखबार लेते हैं और अंग्रेजी का अखबार तो सिर्फ वे ही। अपना खरीदा हुआ अंग्रेजी का अखबार उन्हें दूसरों से विशिष्ट होने का अहसास कराता है। दूध और अखबार को छोड़कर वे दूसरी मदों में कटौती करने की बात सोचते हैं। कोई मद ऐसा नहीं है जहाँ कटौती करना सम्भव हो। पेंशन और बाजार-भाव का समीकरण काफी जटिल था और भाषा के अध्यापक मुंशीजी तो शुरू से ही गणित में कमजोर रहे हैं। वे एक दुकान से दूसरी दुकान में भटक रहे हैं। अन्ततः एक दुकान में पकड़ में आ ही जाते हैं। बार-बार कई चीजों का दाम पूछने पर दूकानदार जिस तरह बेरुखी से उत्तर देता है, उससे मुंशीजी आहत होते हैं। आखिर समझता क्या है ? वे चाय का पैकेट, लाइफबाय साबुन और बिस्कुट का एक छोटा पैकेट ले लेते हैं। नौ रुपए कुछ पैसे देकर मुंशीजी दुकान से बाहर निकलते हैं। अब किसी दूसरी दुकान में घुसकर दाम पूछने की उनकी हिम्मत नहीं होती। वे चुपचाप घर की तरफ घिसटने लगते हैं।

मुंशीजी शुरू से ही खराब खरीदार रहे हैं। बाजार में ज्यादा मोल-तोल नहीं कर सकते। अक्सर ठगाकर घर लौटते और खीझी हुई तारा के व्यंग्य का सामना करते। बाजार में आकर वे अक्सर एक तरह की हड़बड़ी के शिकार हो जाते हैं। अब तो वे कुछ मोल-भाव कर लेते हैं, नहीं तो पहले तो दुकान में घुसते ही उन्हें खरीदकर भागने की जल्दी बनी रहती थी। उनकी इसी आदत से चिढ़कर तारा ने उनके साथ बाजार न आने की कसम न जाने कितनी बार खाई थी। अब तो पुरानी आदत काफी हद तक छूट गई थी। फिर भी अकसर ऐसा होता है कि कई दुकानों से सौदेबाजी करके आते हुए

मुंशीजी, किसी एक दुकान पर अपनी पुरानी हड़बड़ी के शिकार होकर, कोई-न-कोई ऐसी चीज ले लेते हैं जो दुकान के बाहर निकलते ही उन्हें अनावश्यक लगने लगती है।

इस बार भी ऐसा ही हुआ। बाहर सड़क पर पहुँचते ही बिस्कुट का पैकेट सालने लगा। क्या जरूरत थी ? मेहमान के नाम पर अब आता ही कौन है जिसके लिए इस पैकेट की जरूरत पड़ सकती है ? और फिर अड़ोसी-पड़ोसी जो आते हैं, उन्हें तो काफी दिनों से मुंशीजी सिर्फ चाय पिलाते आ रहे हैं, वह भी तब जब घर में दूध, चाय और चीनी में से कोई चीज अनुपस्थित न हो। दुकानदार ने जिस ढंग से उन्हें लिया था, उससे लौटकर बिस्कुट का पैकेट वापस करने की सम्भावना भी अब समाप्त हो गई थी।

मुंशीजी ने खर्च किए नौ रुपए सत्तर पैसों को निकालकर फिर से पेंशन और बाजार-भाव का समीकरण दुरुस्त करना शुरू कर दिया। बार-बार वे हिसाब भूल जाते और फिर नए सिरे से शुरू करते। वे जानते थे कि बार-बार हिसाब लगाने से भी उनसे यह समीकरण दुरुस्त नहीं होगा लेकिन फिर भी वे घर आने तक हिसाब में उलझे रहे। उन्हें इसमें कुछ मजा मिलने लगा था। पहले जब वे पूरी तरह शंकर के चंगुल में नहीं फँसे थे और एक तरह से उससे बचने के लिए संघर्ष कर रहे थे, तब वे पेंशनवाले दिन अपनी जरूरतों की पूरी लिस्ट बनाकर चलते थे। कुछ चीजें उसी दिन लौटते समय खरीद लेते और कुछ अगले दिनों में ट्यूशन के पैसे मिलने पर खरीदते। लेकिन यह ज्यादा दिनों तक नहीं चल सका। हर बार बाजार में पहुँचने पर पिछले महीने के मुकाबले भाव बढ़े मिलते। मुँह बाए मुंशीजी एक-एक चीज के दाम बार-बार पूछते और व्यस्त भाव से लापरवाही दिखाते हुए लिस्ट फिर से पढ़ते। हर बार ऊपर नीचे दो-एक चीजें कट जातीं। पेंशन और बाजार-भाव से इस समीकरण में उलझकर मुंशीजी बेहद थक जाते। धीरे-धीरे शंकर से दूर रहने की उनकी जिद कमजोर पड़ती गई और बाजार से नकद सामान खरीदने का उनका आग्रह क्षीण होता गया। अब तो वे कभी-कभी ऐसी ही कोई अप्रत्याशित खरीदारी कर लेते हैं, नहीं तो चुपचाप जेब में पैसे डाले, एक दुकान से दूसरी दुकान भटकते घर पहुँच जाते हैं। जब उन्होंने शंकर के सामने पूरी तरह से आत्म-समर्पण नहीं किया था, तब बाजार की दूकानों में चीजों के दाम पूछने का एक और मकसद भी था। बाजार में दाम पूछते रहने से उन्हें शंकर द्वारा की जा रही लूट का भी पता चलता था। बाजार और शंकर की दुकान के भाव के अन्तर से मुंशीजी का मन हमेशा गुस्से से भर जाता।

हर बार वे तय करते कि शंकर की दुकान पर जाकर उसे खूब खरी-खोटी सुनाएँगे या भुगतान करते समय उसके पैसे काट लेंगे। लेकिन हर बार शंकर के सामने वे अपने को कमजोर महसूस करते। उसके सामने पहुँचते ही दयनीय हो उठते। पूरे मोहल्ले के सामने उसने कैसा जलील किया था वर्मा बाबू को ? उनका थैला फेंककर बोला था कि लेना हो तो लो वरना जाओ। सड़क पर अपने कुर्ते की बाँहें चढ़ाते हुए शंकर के लड़के ने कैसी गन्दी-गन्दी गालियाँ दी थीं और असहाय वर्मा बाबू मोहल्लेवालों की तरफ टुकुर-टुकुर ताकते रहे। कोई नहीं आया मदद को। मुंशीजी हर बार चुपचाप शंकर की दुकान से सामान लाते हैं और पैसे मिलने के दूसरे-तीसरे दिन ही हिसाब चुकता करने का प्रयत्न भी करते हैं। इसलिए अब बाजार में दाम पूछने पर उसे वहीं भूलने की कोशिश करते हैं। उन्हें पता है कि शंकर की दुकान से तुलना करने में कोई फायदा नहीं।

मुंशीजी जब अपनी गली के मुहाने पर पहुँचे, करीब तीन बज रहा था। दो-एक घरों के दरवाजों पर पंजाबिनें खड़ी होकर बात कर रही थीं। एकाध लड़के नाली पर बैठे टट्टी कर रहे थे। जाड़े की रात धीरे-धीरे उतर रही थी। कूड़े और पाखाने से अपने को बचाते हुए मुंशीजी अपने दरवाजे पर पहुँचे तो थककर चूर हो चुके थे। चुपचाप चारपाई पर लेटने की इच्छा हो रही थी। रात को विनोद को लेकर त्रिवेणी के यहाँ भी तो जाना था। बिना आराम किए अब मुंशीजी कहीं नहीं जा सकते। उन्होंने हलके से दरवाजे पर दस्तक दी। लगता है, राजकुमारी सो रही है। उन्होंने थोड़ी तेजी से दरवाजा खटखटाया। कोई आहट नहीं हुई। मुंशीजी का थका मन क्षुब्ध हो गया। उन्होंने पूरी ताकत से दरवाजा पीटना शुरू दिया। अचानक उन्हें लाग कि औरतें बातचीत छोड़कर उनकी तरफ देख रही हैं और उनकी आँखों और होंठों में रहस्यमयी मुस्कान तैरने लगी है। उनका बूढ़ा हाथ हवा में लटक गया। ज्यादा देर वे इस असहज स्थिति में नहीं रहे। राजकुमारी ने आकर दरवाजा खोल दिया था और वे चुपचाप भीतर चले गए।

राजकुमारी काफी अस्त-व्यस्त हालत में थी। ऐसा लगता था कि उसने जल्दी-जल्दी में कपड़े पहने हैं। उसकी आँखों में अजीब-सा तनाव था और उसके चेहरे पर घबराहट साफ लिखी थी। मुंशीजी का मन वितृष्णा से भर गया। उनकी अनुपस्थिति में यह लड़की न जाने क्या-क्या करती है ? अब तो पहले की तरह इसे पीट भी नहीं पाते। केवल सन्देह और शर्म की आग में जलते रहते हैं। उसे उपेक्षित करके वे चुपचाप अपने कमरे की तरफ बढ़

चले। लेकिन चुपचाप सो जाना क्या इतना आसान था ? बारी-बारी से वे किसी-न-किसी बहाने दोनों कमरों में गए। गुसलखाने, पाखाने, रसोई और छत से घूमकर नीचे आए। राजकुमारी रसोई के एक कोने में सिर झुकाए खड़ी थी। वे जानते थे कि वे क्या तलाश रहे यह राजकुमारी जानती है। कई बार सन्देह होने पर उन्होंने ऐसा किया था। पहले की ही तरह इस बार भी कोई नहीं था। वे चुपचाप अपने कमरे में चले गए। पहले की तरह राजकुमारी पर हाथ उठाने का साहस उनमें नहीं था। घर के दो कमरों में यह बड़ा कमरा था जिसमें वे और विनोद सोते हैं। किसी के आ जाने पर मुंशीजी उसे यहीं बैठाते हैं। दूसरे कमरे में राजकुमारी और पप्पू सोते हैं।

धीरे-धीरे मुंशीजी ने अपना कोट उतारकर खूँटी पर टाँग दिया। कमीज उतारने की हिम्मत उनमें नहीं बची थी। धोती और कमीज पहने ही वे लेट गए। जाड़े की दोपहर में मुंशीजी को नींद नहीं आती हालाँकि वे लेटते रोज हैं। रोज खाना खाकर वे चुपचाप लेट जाते हैं और शाम को ट्यूशन का वक्त होने तक लेटे रहते हैं। इसके अलावा और करें भी क्या ? करने के लिए कुछ होता भी तो नहीं। आज थके हुए मुंशीजी को झपकी आने लगी थी। वे न सोने का पूरा प्रयत्न कर रहे थे। आज जल्दी ट्यूशन पर जाएँगे, फिर अभी विनोद को ढूँढ़ना भी तो होगा। पता नहीं कहाँ हो, कितना समय लगे। हर हालत में सात बजे तक त्रिवेणी के घर पहुँच जाना है। जाड़े में सात बजते-बजते वैसे भी कितनी रात हो जाती है, लेकिन इन सबके बावजूद न जाने कब मुंशीजी धीरे-धीरे नींद के गहरे नशे में डूब गए।

किस्सा उस राजकुमारी का जिसे लेने कोई राजकुमार नहीं आया

किस्सा कोताह यह कि एक दिन राजकुमारी शरमाने लगी। शरमाने की क्रिया तो पहले भी कई बार सम्पादित हुई थी, लेकिन इस बार शरमाना पहले के शरमाने से काफी भिन्न था। हुआ कुछ इस तरह कि खाली वक्त में बच्चों की किताबें पढ़नेवाली राजकुमारी के हाथ में 'केवल वयस्कों के लिए' वाला ठप्पा लगाए दिलकश इलाहाबादी का उपन्यास लग गया। उसे पढ़ने के बाद से राजकुमारी ने जो शरमाना शुरू किया तो अभी तक शरमाती चली जा रही थी जबकि उपन्यास खत्म हुए कई घंटे हो चुके थे। इस बीच वह गुसलखाने और छत से लेकर दुछत्ती तक, जहाँ कहीं एकान्त मिला, वहाँ-वहाँ छिपती फिरी। हालाँकि घर में मुंशीजी थे और इस समय घर में उनका होना-न-होना बराबर था। वे आराम से खर्राटे भर रहे थे। करीब तीन बजे वे पेंशन लेकर लौटे थे और तब से सो रहे थे। विनोद और पप्पू घर में थे नहीं। हर तरफ एकान्त था। उसने कमरा बन्द कर लिया और एक बार फिर से किताब पढ़ना शुरू किया। पहली पंक्ति से ही उसके शरीर में सनसनाहट दौड़ने लगी। पूरी कनपटी लाल हो गई। ऐसा लग रहा था जैसे

उसकी नसों में लावा दौड़ रहा हो। नसें तड़कने लगी हों। हे भगवान, कैसी-कैसी गन्दी किताबें लोग पढ़ते हैं।...उसने घबराकर इधर-उधर देखा और फिर पढ़ने में मशगूल हो गई। किताब पतली-सी थी इसलिए खत्म होने में ज्यादा वक्त नहीं लगा। किताब खत्म करते-करते वह बुरी तरह हाँफने लगी थी। पूरा बदन गनगना रहा था। उसके सारे कपड़े अस्त-व्यस्त हो गए थे और वह फर्श पर अधनंगी पड़ी लम्बी-लम्बी साँसें ले रही थी। न जाने कब तक वह औंधी पड़ी रही। फिर उठकर बैठ गई। एक बार फिर किताब उसके हाथ में थी लेकिन इस बार वह ज्यादा नहीं पढ़ सकी। उसने किताब फेंक दी। उसने धीरे-धीरे अपने कपड़े उतार दिए। कमरे में कोई आदमकद शीशा नहीं था। घर में नहीं था तो कमरे में कहाँ से होता। एक छोटा-सा पुराना शीशा था जिसके काँच दरक चुके थे। उसने उसके सहारे अपने बदन का मुआयना करना शुरू कर दिया।

बदन का मुआयना पहले की तरह सुखद नहीं था। राजकुमारी जानती थी कि उसका शरीर धीरे-धीरे ढल रहा है। दरअसल इसे जानने के लिए आईने के सामने खड़ा होना भी जरूरी नहीं था। इसे तो गली से शंकर की दूकान तक आते-जाते न जाने कितनी बार उसने महसूस किया था। पहले स्कूल जाते समय रास्ते में लड़कों की कतार बिछी रहती थी। मामूली कपड़ों में भी राजकुमारी अपने सौन्दर्य से पूरी तरह वाकिफ, गर्दन ऊपर उठाए शान से गुजर जाती थी। लड़कों की सीटियाँ, फिकरे और आवाजें उसे अव्यक्त ख़ुशी से भर देती थीं। ऊपर से ओढ़ी हुई तटस्थता के आवरण को चीरकर अकसर एक मुस्कान उसके होंठों पर खेल जाती। उसकी इस मुस्कान से लड़कों को और प्रेरणा मिलती। यह सिलसिला तब तक चला जब तक मुंशीजी ने उसका स्कूल छुड़ा नहीं दिया। इस सिलसिले में कई बार कुछ अन्तरंग प्रसंग जुड़े। कई बार ऐसा हुआ कि लड़कों की भीड़ में अचानक किसी लड़के से राजकुमारी की आँखें बार-बार और देर तक टकराने लगतीं। एकाध बार खतो-किताबत का सिलसिला भी शुरू हुआ लेकिन इससे आगे बढ़ने की इजाजत राजकुमारी के निम्न मध्यवर्गीय संस्कारों ने नहीं दी। कई बार छत और गली के अँधेरे कोनों से अचानक छटपटा कर वह निकल भागी थी।

उस समय की राजकुमारी के बदन और आज की राजकुमारी के बदन में कितना फर्क आ गया है। राजकुमारी का मन अव्यक्त पीड़ा से भर उठता है। एक जमाना था, जब राजकुमारी माल थी, चक्कू थी, राजा बनारस थी। एक-एक फिकरा कितनी हसरत से याद आता है। उसके घर से गली में

निकलने पर एक हलचल-सी मच जाती थी। आज वह सिर्फ अट्ठाइस साल की बुढ़िया थी। जब कभी विनोद को बनिया उधार देने से इनकार कर देता, तब मुंशीजी उसे भेजते हैं। अब उसके बाहर निकलने कोई पर खास हलचल नहीं होती। कोई उसे राह चलते पुरानी कशिश से नहीं पुकारता। अब तो शंकर का लड़का भी उसे देखकर पुरानी सिधाई से सामान नहीं देता। थोड़ी देर तक बड़बड़ाता है, तब सामान तौलता है। एकान्त पाकर अपने बाप की अनुपस्थिति में पहले उसका लड़का सौदा देते समय राजकुमारी की उंगलियाँ छू लेता था या कभी-कभी उसकी कलाई पकड़ लेता था लेकिन अब तो उसकी भी दिलचस्पी खत्म हो गई है। पहले दुकान पर जाते समय वह मनाती जाती थी कि शंकर से उसकी मुलाकात न हो, उसका लड़का दुकान पर मौजूद हो। शंकर का लड़का उसे देखकर खुश हो जाता था और अपने बाप की डाँट का खतरा मोल लेकर भी वह राजकुमारी को उधार देता था। राजकुमारी इसके एवज में उसे कुछ हद तक बर्दाश्त करती थी। उसके भद्दे मजाकों पर खीसें निपोर देती या उँगलियाँ या कलाई पकड़ने पर उसे हौले से झटक देती लेकिन इससे अधिक आगे उसने उसे नहीं बढ़ने दिया। कई बार उसने दबे स्वर में सिनेमा जाने या पार्क घूमने का प्रस्ताव राजकुमारी के सामने रखा था जिसे सुनकर हर बार राजकुमारी रोमांचित हो उठी थी लेकिन कभी भी उसके संस्कारों ने उसे इतना आगे बढ़ने की इजाजत नहीं दी थी। अब तो उसकी भी दिलचस्पी राजकुमारी में खत्म हो गई थी। अब अगर कभी वह राजकुमारी के सामने कोई प्रस्ताव रखे तो शायद राजुकमारी उसे स्वीकार कर लेगी। लेकिन अब वह कोई प्रस्ताव क्यों रखेगा ?

अट्ठाइस साल की बुढ़िया राजकुमारी से अब शरीर का बोझ बर्दाश्त नहीं होता। उसका मन करता है कि चीखे-चिल्लाए—अपने बदन के कपड़े तार-तार कर डाले। उसकी नसें तड़क रही हैं, एक अजनबी आग है जो पूरे शरीर को जला कर भस्म कर डालना चाहती है। राजकुमारी लाख चाहे लेकिन इस आग से बचना सम्भव नहीं है। इस आग से वह बचना भी नहीं चाहती। उसका मन करता है कि कोई उस पर बाज की तरह झपटे और दबोच कर उसकी हड्डी-हड्डी चटखा दे। उसके बदन का पोर-पोर अतृप्त है। उसके शरीर का रोआँ-रोआँ विद्रोह करना चाहता है। सारी दुनिया से विद्रोह—मुंशीजी से व्रिदोह क्योंकि राजकुमारी की दुनिया का बड़ा हिस्सा मुंशीजी तक ही सीमित है। माँ के मरने के बाद उसकी दुनिया का तीन-चौथाई हिस्सा मुंशीजी से सम्बद्ध है। अगर वह मुंशीजी से विद्रोह कर दे तो ! लेकिन नहीं, शायद

ऐसा वह नहीं कर सकती। उसके बदन की आग में एक-एक नस चटख रही है। हलक में जैसे काँटे उग आए हैं। राजकुमारी के लिए थूक घोंटना भी मुश्किल हो रहा है। अपने निढाल पड़े जिस्म को किसी तरह उसने उठाया और एक तरह से घसीटते हुए उसे कोने में घड़े तक ले गई। घड़े के पास कोई गिलास नहीं था, पूरे कमरे में नहीं था। चौके में जाने की हिम्मत उसमें नहीं थी। घड़े के पास एक जूठा कटोरा पड़ा था। उसने उसी में पानी उड़ेला और नाक बन्द करते हुए दो एक घूँट पी लिया। फिर उसी तरह लड़खड़ाती हुई वापस फर्श पर बिछी चटाई तक आई और वहीं धड़ाम से गिर गई। चटाई पर औंधी पड़ी-पड़ी न जाने कब तक वह गहरी-गहरी साँसें लेती रही थी।

राजकुमारी की यह अर्द्धमूर्छित तन्द्रा मुंशीजी की आवाज से टूटी। लगता था, मुंशीजी काफी देर से बुला रहे थे। मुंशीजी की आवाज की नर्मी उसे कुछ अपरिचित-सी लगी। बहुत दिनों बाद मुंशीजी उसे इतनी कोमल आवाज में पुकार रहे थे। राजकुमारी हड़बड़ाकर उठी थी। कहीं बीमार तो नहीं हैं ! राजकुमारी दुनिया में अगर सबसे ज्यादा नफरत किसी से करती थी तो वह मुंशीजी थे। सबसे ज्यादा प्यार भी वह मुंशीजी को ही करती थी। बचपन में माँ से ज्यादा प्यार वह मुंशीजी से पाती रही थी। छोटी थी तो कमरे का जंगला पकड़े मुंशीजी के ट्यूशन या स्कूल से घर लौटने का इन्तजार करती थी। उनके कन्धों पर बैठकर गाँवों और कस्बों के न जाने कितने मेलों-ठेलों, हाट-बाजार गई थी। थोड़ी बड़ी हुई तो उन्हीं के साथ उँगली पकड़कर नायब साहब के घर जाने लगी थी। वहीं पहली बार त्रिवेणी से मुलाकात हुई थी। मुंशीजी त्रिवेणी को पढ़ाते और वह चुपचाप बैठी त्रिवेणी को देखती रहती। मुंशीजी जब कभी त्रिवेणी को कोई काम सौंप कर नायब साहब से बात करने अन्दर चले जाते, शरारती त्रिवेणी उसका हाथ पकड़े, पिछवाड़े आम के बगीचे में भाग जाता। माँ के मरने के बाद मुंशीजी में न जाने कितना फर्क आ गया था कि राजकुमारी उनके सामने जाने से कतराने लगी है। कैसे घूर कर देखते हैं। पहले बाहर से लौटते थे तो किसी-न-किसी बहाने उसे पीटते जरूर थे। राजकुमारी जानती थी कि जिस वजह से उसकी पिटाई हो रही है, वह असली कारण नहीं है। कारण कुछ दूसरा होता था जिसे बताने का साहस मुंशीजी में नहीं था और न ही राजकुमारी पूछ ही सकती थी लेकिन उनकी आँखों में राजकुमारी बहुत कुछ पढ़ लेती थी।

मुंशीजी के हाथों पिटते समय राजकुमारी को वे दुनिया के सबसे क्रूर

और गन्दे इंसान लगते थे। लेकिन उसे पीटने के बाद छत पर चादर में मुँह लपेटे, रोने की कोशिशों को रोकते हुए मुंशीजी के हिलते बदन को देखकर राजकुमारी का मन बार-बार करता कि एक बार फिर वह छोटी-सी बच्ची बन जाए और उनकी गोद में मचल-मचल कर उनके आँसू पोंछ डाले। लेकिन क्या अब यह सम्भव था ? राजकुमारी बड़ी हो गई थी और मुंशीजी उससे काफी दूर जा चुके थे।

आजकल मुंशीजी ने उसे पीटना बन्द कर दिया था लेकिन आजकल उन्हें झेल पाना राजकुमारी के लिए ज्यादा मुश्किल हो गया है। बाहर से आने पर वे कैसी निगाहों से उसे घूरते हैं। उनकी नजरों में छिपी घृणा, सन्देह या तिरस्कार को बर्दाश्त करने से तो कहीं बेहतर था, उनके हाथों से पिटना और फिर कुछ देर बाद, दर्द के खात्मे के साथ भूल जाना। लेकिन अब तो मुंशीजी भी अन्दर-ही-अन्दर घुटते रहते हैं और राजकुमारी भी छटपटाती रहती है।

राजकुमारी उनकी निगाहों को अच्छी तरह पहचानती है। हर बार उसका मन करता है कि चीख-चीखकर मुंशीजी के सन्देह की चादर तार-तार कर डाले लेकिन कभी भी मुंशीजी शब्दों के माध्यम से अपना शक व्यक्त नहीं करते। अबोले शक का जवाब राजकुमारी दे तो कैसे दे ? आज भी यही हुआ था। राजकुमारी इस कमरे में लगभग नग्न अपने बदन के महासमर में लिप्त थी, ठीक उसी समय दरवाजे पर दस्तक शुरू हुई। पहले धीमे, फिर तेज, फिर दरवाजा लगभग पीटा जाने लगा और फिर एकाएक खामोशी छा गई। राजकुमारी ने जल्दी-जल्दी अपने कपड़े दुरुस्त करते हुए दरवाजा खोला तो घृणा की चिनगारियाँ आँखों में लिये मुंशीजी सामने खड़े थे। उन्होंने केवल एक क्षण के लिए उसे देखा और वितृष्णा और उपेक्षा से आगे बढ़ गए। उस एक क्षण में जाने कितनी कशिश थी कि राजकुमारी अपमान और शर्म की दाहक पीड़ा से झुलस उठी। मुंशीजी चुपचाप अपने कमरे में चले गए लेकिन मुक्ति इतनी आसान नहीं थी। इसके थोड़ी देर बाद मुंशीजी अपने कमरे से निकले और किसी-न-किसी बहाने पूरे घर में झाँक आए। पाखाना, गुसलखाना, छत, कुछ भी नहीं बचा। इससे ज्यादा यातनाजनक राजकुमारी के लिए कुछ भी नहीं था। रसोई के कोने में खड़ी-खड़ी वह मुंशीजी से निगाहें छिपाती रही।

मुंशीजी के कदमों की आहट कई बार रसोई के दरवाजे तक आई, थमी और लौट गई। राजकुमारी के मनाने में अगर दम रहा होता तो धरती कई

बार फटी होती और वह कई बार उसमें समाई होती। थोड़ी देर बाद मुंशीजी के कदमों की आहट उनके कमरे की ओर चली गई। न जाने कितनी देर तक राजकुमारी चुपचाप बुत बनी खड़ी रही। ऐसा पहली बार तो हुआ नहीं था लेकिन हर बार का अनुभव पहले से ज्यादा त्रासद होता था। काफी देर बाद जब अपराध-बोध की चिप्पी चेहरे पर चिपकाए राजकुमारी धीरे-धीरे कदमों से अपने कमरे में गई तो मुंशीजी सो गए थे और राजकुमारी ने एक बार फिर दिलकश इलाहाबादी का उपन्यास हाथ में उठा लिया।

मुंशीजी की आवाज काफी दूर से, किसी अन्धी सुरंग से टकरा कर लौटती हुई-सी लग रही थी। राजकुमारी को लगा वे काफी देर से पुकार रहे थे। राजकुमारी हड़बड़ा कर उठी लेकिन दोपहर वाली गलती उसने फिर से नहीं दोहराई। अपने अस्त-व्यस्त कपड़ों को करीने से ठीक किया और चेहरे पर निश्चित तटस्थता का भाव ओढ़ते हुए उसने दरवाजा खोला और बाहर निकल आई। बाहर निकलते ही मुंशीजी की आवाज सर्द कोड़े की तरह उसके कानों से टकराई। काफी देर से पुकारते रहने के कारण उनकी आवाज कुछ रूखी जरूर हो गई थी लेकिन फिर भी यह एक अपरिचित आवाज थी। राजकुमारी के दिल की धड़कन बढ़ गई। वैसे भी दिन के इस हिस्से में सोना मुंशीजी के लिए नई बात थी। लेटते जरूर थे लेकिन सोते नहीं थे। कहीं कोई बात तो नहीं हुई ? उनकी आवाज के अजनबी अन्दाज ने राजकुमारी को बेचैन कर दिया। झपटती हुई वह मुंशीजी के कमरे की तरफ बढ़ी लेकिन कमरे के दरवाजे तक पहुँचकर वह ठिठक गई। पिछले कुछ सालों में वह मुंशीजी से कितनी दूर चली गई थी। किसी भी तरह के भावनात्मक उद्वेग का प्रदर्शन अब सम्भव नहीं था।

शायद यही स्थिति मुंशीजी के लिए भी थी। अपनी आवाज की छलकती खुशी को सप्रयास दबाते हुए जो तटस्थ वाक्य वे बोले, उसका कुल मतलब यह था कि आज त्रिवेणी ने पक्का वायदा कर लिया है। विनोद को लेकर बड़े साहब के पास जाना है। कहीं-न-कहीं नौकरी जरूर मिल जाएगी। दूसरे वाक्य में उन्होंने दस बरस पहले के मुंशीजी बनने की कोशिश की। जैसे पहले स्कूल से लौटते ही राजकुमारी को चिढ़ाते हुए हँसते और फस्ट क्लास-चाय बनाने को कहते, उसी तरह आज भी उन्होंने, उसी अन्दाज में फरमाइश करने की कोशिश की। लेकिन अ.ज उनके चिढ़ाने और हँसने में न जाने क्या था कि राजकुमारी पूरी तरह से हिल गई। मुंशीजी उससे निगाह मिलाने से कतरा रहे थे। पता नहीं, दोपहर की अपनी हरकत पर शर्म महसूस

कर रहे थे या दिन में सोने का असर था या विनोद को नौकरी मिलने की निश्चित सम्भावना। उनकी आवाज असहज लग रही थी। राजकुमारी के लिए भी वहाँ खड़ा रह पाना काफी मुश्किल हो रहा था। धीरे-धीरे सिर झुकाए वह बाहर निकल आई और रसोई में जाकर चुपचाप चाय बनाने लगी।

चाय बनाकर जब वह मुंशीजी के कमरे में पहुँची, तब तक वह हाथ-मुँह धोकर तैयार हो चुके थे और हाथ से अपने कोट की सलवटें ठीक कर रहे थे। विनोद बदस्तूर घर से गायब था और मुंशीजी को उसे ढूँढ़ने जाना था। बाहर हल्का-हल्का अँधेरा छाने लगा था। मुंशीजी ने अन्दाजा लगाया, साढ़े-पाँच से कम क्या होगा। आज ट्यूशन पर जाने का वक्त भी नहीं रह गया था। चाय पीते-पीते उन्होंने विनोद के उन सारे दोस्तों के नाम-पते याद करने की कोशिश की जहाँ उसके हो सकने की सम्भावना हो सकती थी। राजकुमारी से भी पूछा लेकिन राजकुमारी की सूचनाएँ काफी पुरानी थीं। विनोद के मौजूदा दोस्तों के बारे में उसे ज्यादा कुछ नहीं मालूम था। बगल की बिन्नी से पूछने पर कुछ मालूम हो सकता था लेकिन बिन्नी के बारे में राजकुमारी मुंशीजी से क्या कहती ? लिहाजा मुंशीजी बिना किसी निश्चित सूचना के ही विनोद की तलाश में घर से बाहर निकल पड़े।

राजकुमारी एक बार फिर घर में अकेली रह गई। अकेलापन उसके लिए हमेशा से दुःखद रहा है। अकेलेपन से वह बचपन से ही घबराती रही है, लेकिन अब तो अकेलेपन के साथ रहने की आदत पड़ गई है। फिर भी वह आज घबराकर छत पर निकल आई।

दिसम्बर की शुरुआत की हवा में मजे की ठंडक थी। राजकुमारी एक सूती चादर ओढ़े हुए थी। ठंडी हवा बीच-बीच में उसे कँपा दे रही थी, फिर भी नीचे कमरे के एकान्त में जाने का उसका मन नहीं कर रहा था। ऊपर अनमने भाव से वह टहलती रही। दोपहर का प्रभाव अब जिस्म पर दूसरी तरह से महसूस हो रहा था। पूरा बदन टूट रहा था। उसने दो-तीन बार अँगड़ाइयाँ लीं, बदन को चादर में कसकर लपेटा और एकाएक ठिठक कर खड़ी हो गई। सामने की छत पर सुरेन्द्र खड़ा था और ढिठाई से उसे घूर रहा था।

सुरेन्द्र पप्पू का दोस्त था और उसके साथ पढ़ता था। इधर कुछ दिनों से राजकुमारी उसमें एक अजीब-सा परिवर्तन देख रही थी। पहले वह पप्पू से मिलने जब भी आता तो सीधे धड़धड़ाता हुआ उसके कमरे में घुस आता। चूँकि राजकुमारी और पप्पू का कमरा एक ही था। अतः उसे अब भी उसी

के कमरे में आना पड़ता है लेकिन अब वह कमरे में घुसने के पहले खँखारता है या उसे कमरे में अकेला देखकर दरवाजे पर ठिठककर खड़ा हो जाता है। पहले की तरह सहज भाव से आकर उसके पास बैठता भी नहीं। पप्पू की उपस्थिति में अगर बैठना पड़े भी तो उससे सीधे निगाह मिलाने में कतराता है। हवा में या इधर-उधर देखकर बातें करता है। जब कभी राजकुमारी की आँखें उसकी आँखों से मिलती हैं, वह उसकी आँखों का भाव देखकर गनगना उठती है। यह भाव उसने या तो शंकर बनिये के लड़के की आँखों में देखा है या सुरेन्द्र के पिता बड़े बाबू की आँखों में। न जाने कैसे इतनी कम उम्र में सुरेन्द्र की आँखों में ऐसा भाव आ जाता है।

सामने छत पर सुरेन्द्र खड़ा पूरी ढिठाई से उसे घूर रहा था। राजकुमारी ने दूसरी तरफ देखना शुरू कर दिया लेकिन ज्यादा देर तक वह सुरेन्द्र की उपेक्षा नहीं कर पाई। दूसरी तरफ देखते हुए उसने कनखियों से सुरेन्द्र की तरफ देखा। सुरेन्द्र समझ गया था कि उसने उसे देख लिया है और उसे घूरते देखकर भी वह छत से हट नहीं रही है बल्कि बीच-बीच में कनखियों से उसकी तरफ देख रही है। उसका साहस और बढ़ गया। उसने बाकायदा दोनों हाथ दोनों छतों के बीचवाली विभाजक दीवार पर टिका लिए और हल्के-हल्के लहजे में सीटी बजाने लगा। उसके लिए भी यह पहला मौका था जब राजकुमारी से वह इतनी धृष्टता से पेश आ रहा था। इसलिए जबर्दस्ती पैदा की गई लापरवाही के बावजूद घबराहट में उसकी सीटी की आवाज बीच-बीच में टूट जा रही थी। अभी कुछ दिनों पहले तक वह पप्पू के साथ राजकुमारी से मिलता तो अपनी बड़ी बहनवाला भाव उसके मन में होता। राजकुमारी के लिए जिस्मानी आकर्षण वाला भाव उसके मन में अचानक ही पैदा हो गया था। दरअसल उसके और पप्पू के गोल के लड़कों के लिए सेक्स से परिचय अभी नया-नया हुआ था। इन लड़कों ने अपनी हाल ही में हस्त-मैथुन की सीढ़ियाँ लाँघनी शुरू की थीं और गली में खड़े होकर लड़कियों को घूरने या फिकरेबाजी करने के लिए उन्होंने धीरे-धीरे पुराने लड़कों की जगह लेना शुरू किया था। उनके लिए गली के विभिन्न घरों की छोटी बच्चियों से लेकर अधेड़ औरतें तक अचानक 'माल' बन गई थीं। शारीरिक परिवर्तन के इसी अंधड़ में एक दिन सुरेन्द्र को राजकुमारी भी माल लगने लगी थी।

काफी देर तक राजकुमारी उपेक्षा का भाव प्रदर्शित करते हुए इधर-उधर देखती रही। बीच-बीच में वह कनखियों से सुरेन्द्र की तरफ देख लेती थी।

उसे इस लुका-छिपी में आनन्द आने लगा था। काफी दिनों बाद कोई उसे इस कशिश से देख रहा था। हालाँकि सुरेन्द्र को वर्षों से वह पप्पू के साथ देखती आई थी और उसे किसी अन्य रूप में स्वीकारना उसके लिए आसानी से सम्भव नहीं हो पा रहा था लेकिन फिर भी सुरेन्द्र अपने पिता बड़े बाबू या शंकर से तो निश्चित रूप से बेहतर था। बड़े बाबू का दुर्गन्ध का भभूका छोड़ता पीले और बेढंगे दाँतोंवाला चेहरा वह कई बार अपने चेहरे से परे ढकेल चुकी है। याद आते ही उसका मन घिन से भर उठा। शंकर के साथ कभी मामला इतना आगे तो नहीं बढ़ा है लेकिन उसने जब कभी कलाई पकड़ने की कोशिश की है, राजकुमारी का मन जुगुप्सा से भर उठा है। सुरेन्द्र निश्चित रूप से उन दोनों से बेहतर था।

परिवर्तन की शुरुआत में तो सुरेन्द्र की आँखों का भाव पढ़कर राजकुमारी को काफी मनोरंजक लगता था। कल तक हाफपैंट पहनकर दीदी-दीदी करनेवाले छोकरे को जवान मानकर गम्भीरता से लेने का प्रयास करने मात्र से ही उसे हँसी आ जाती। यह तो बिल्कुल ऐसे ही था जैसे कोई किशोर अपने को बड़ा साबित करने के लिए बड़ी-बड़ी डींगे हाँकने लगे। शुरू-शुरू में सुरेन्द्र के घूरने पर उसे ऐसा ही लगता था। कभी-कभी वह उसे चिढ़ाने के लिए उससे आँखें मिलाकर मुस्कुरा देती। उस समय सुरेन्द्र का चेहरा एकदम फक पड़ जाता और घबराहट में वह काफी देर तक उससे आँखें नहीं मिला पाता था। बाद में स्थिति कुछ बदली थी। राजकुमारी को धीरे-धीरे लगने लगा था कि सुरेन्द्र अब निरा बच्चा नहीं रह गया है। उसने उसे कुछ गम्भीरता से लेना शुरू किया था। फिर भी सुरेन्द्र की अभी तक इतनी हिम्मत नहीं हुई थी कि वह उसे इस तरह घूरे। आज पहली बार सुरेन्द्र यह हिम्मत कर रहा था और उसे इसका अहसास था, इसीलिए बीच-बीच में उसकी सीटी की आवाज टूट जा रही थी और अँधेरे के बावजूद अगर कभी उसे लगता कि राजकुमारी की निगाहें उसकी निगाहों से टकरा गई हैं तो वह घबरा कर इधर-उधर देखने लगता। आज वह पूरी तरह से तैयार होकर आया था इसलिए पहले की तरह जल्दिया कर भागने के लिए तैयार नहीं था।

दिलकश के उपन्यास की खुमारी राजकुमारी पर अभी तक तारी थी। वह धीरे-धीरे अपने बदन के दबाव में ज्यादा खुलती जा रही थी। जल्दी ही वह स्थिति आ गई जब राजकुमारी ने दूसरी तरफ देखने के बहाने से मुक्ति पा ली और सीधे सुरेन्द्र की तरफ देखने लगी। अँधेरा था इसलिए उनकी निगाहें सीधे एक-दूसरे से टकरा नहीं रही थीं। फिर भी इस बात का पता

दोनों को चल गया था कि वे एक-दूसरे की तरफ ही देख रहे हैं। अचानक सुरेन्द्र का बायाँ हाथ उठा और उसने कुछ इशारा किया। अँधेरे में राजकुमारी को लगा सुरेन्द्र उसे बुला रहा है। उसका पूरा शरीर गनगना उठा। कमोबेश दोनों की यही स्थिति थी।

लाख कोशिश के बावजूद राजकुमारी अपनी जगह से हिल नहीं पाई। हल्के-हल्के, काँपते बदन, सूखे हलक और लड़खड़ाते कदमों से राजकुमारी की तरफ कोई बढ़ा चला आ रहा था। यह सुरेन्द्र था। निष्पन्द और अवाक् राजकुमारी किसी अनाहूत क्षण की प्रतीक्षा में खड़ी थी। आज पहली बार राजकुमारी को पता चला कि जिस्म का जादू कितना सम्मोहक और तिलिस्मी होता है। सुरेन्द्र के कमजोर आलिंगन और बचकाने चुम्बनों में केवल जिस्म की माँग थी, न प्यार था और न कोई कोमलता। दरअसल इनकी दरकार न तो उस समय राजकुमारी को थी और न ही सुरेन्द्र को। इस समय राजकुमारी हवा के घोड़े पर सवार होकर उड़ जाना चाहती थी, दूर—बहुत दूर। उसके लिए केवल उसके शरीर का अस्तित्व ही सार्थक था, बाकी सब कुछ—मुंशीजी, मध्यम-वर्गीय मूल्य, समय आदि—निरर्थक हो गए थे। पिछले दस सालों से अपने विरुद्ध संघर्ष करके जिस अनुभव से उसने स्वयं को काट रखा था, आज वही अनुभव अपनी पूरी सम्मोहकता के साथ उसके समक्ष खड़ा था। वह एक-एक क्षण किसी कृपण की तरह भोगना चाहती थी, अनुभव का हर खंड जीना चाहती थी। न जाने कहाँ का वेग उसके शरीर को उद्वेलित कर रहा था कि सुरेन्द्र के लिए उसका साथ देना अधिक देर तक सम्भव नहीं रह सका। राजकुमारी का पोर-पोर प्यासा था और सुरेन्द्र का कैशोर्य उसकी प्यास बुझाने में सर्वथा असमर्थ। जल्दी छटपटाकर उसने उठ बैठने की कोशिश की लेकिन अब राजकुमारी ने उसे जकड़ लिया था। जल्दी ही सुरेन्द्र की साँस टूटने लगी और वह हाँफने लगा। राजकुमारी के मन में आया कि उसके मुँह में अपने नाखून गड़ाकर उसका मुँह नोच ले। उसने सुरेन्द्र को अपने ऊपर से परे ढकेल दिया और खुद सीढ़ियों की तरफ भागी लेकिन सीढ़ियों तक पहुँचते-पहुँचते उसकी चाल पस्त हो गई।

अपने कमरे तक राजकुमारी किस तरह घिसटती हुई पहुँची इसे वही जानती है। फर्श पर चटाई बिछी हुई थी। राजकुमारी उसी पर निढ़ाल गिर पड़ी। तृप्ति और अतृप्ति के मध्य झूलते हुए उसे खुद समझ में नहीं आ रहा था कि उसे कैसा लग रहा था। अच्छा या बुरा—उसे कुछ पता नहीं। एक अजीब-सा तूफान था जिसके बगूलों के बीच थपेड़े खाते हुए उड़ना अच्छा

लगा था लेकिन अब ऐसा लग रहा था कि मानो तूफान ने उसे आसमान पर उड़ाते-उड़ाते एकदम से जमीन पर लाकर पटक दिया हो। उसका जिस्म बुरी तरह से दर्द कर रहा था। लेकिन इस दर्द में सुख था। आज के अनुभव के बारे में राजकुमारी कोई फैसला नहीं कर सकती लेकिन उसे पता है कि जो कुछ हुआ, उस पर उसका कोई वश नहीं था। इसे तो होना ही था। राजकुमारी के जिस्म की माँग पिछले दस-बारह सालों से कुचली जा रही थी। आज पहली बार उसे लगा कि शरीर की माँग कितनी सम्मोहक और सुखद होती है। आज तक इस माँग की अवज्ञा करके वह स्वयं को किस कदर छलती चली आ रही थी।

बचपन से राजकुमारी की आदत सपने देखने की रही है। दिन में, रात में, सोते, जागते वह कभी भी सपने देखना शुरू कर सकती थी। माँ के मरने के बाद तो यह आदत और भी बढ़ गई थी। शायद यह अकेलापन था जिससे जूझते-जूझते वह ज्यादा आत्मकेन्द्रित होने लगी और अपनी गढ़ी हुई दुनिया में खोने में उसे ज्यादा मजा आने लगा। उसने बचपन से एक सपना बार-बार देखा है। रेशम की गुड़िया-सी सजी-धजी राजकुमारी सफेद घोड़े पर सवार, रुई के फाहों जैसे बादलों पर तैरती चली जा रही है। अधमुँदी आँखों और अलसाए बदन के साथ उड़ते हुए उसे हर बार लगता है कि कहीं से कोई उसे पुकार रहा है। न जाने कौन है जो बादलों के पार से इतनी कशिश के साथ उसका नाम लेकर बुला रहा है। अचानक दूर बादलों के बीच से धीरे-धीरे कुछ उभरता है। पहले एक बलिष्ठ, सजे-धजे घोड़े की आकृति और फिर उस पर बैठे एक अनाम, अनजान पुरुष की आकृति। राजकुमारी को बचपन से इसी राजकुमार की प्रतीक्षा थी। वह बेसब्री से तेज-तेज हाथ-पाँव फेंकते हुए राजकुमार की तरफ बढ़ने की कोशिश करती है। पर दोनों के बीच की दूरी है कि कम होने का नाम ही नहीं लेती। जैसे ही राजकुमारी घोड़े के करीब पहुँचती है, एकाएक घोड़ा पीछे मुड़कर तेजी से उससे दूर भागने लगता है। राजकुमारी चीखती है, चिल्लाती है, दोनों हाथ उठा-उठाकर रोकने का प्रयास करती है लेकिन नहीं, घोड़ा धीरे-धीरे अदृश्य होता जाता है। राजकुमारी उठकर उसके पीछे दौड़ने की कोशिश करती है लेकिन फाहों जैसे बादल बर्फ में तब्दील हो जाते हैं और राजकुमारी उसमें धँसती जाती है—कमर तक धँस जाती है। कुछ देर बाद उसके हाथ ऊपर रह जाते हैं जो घोड़े के अदृश्य होने की दिशा में हिल-हिलकर उसे रोकने का असफल प्रयास करते रह जाते हैं।

हर बार जगने पर राजकुमारी को इस सपने से घबराहट होती है लेकिन अक्सर सोते-जागते उसे सायास या अनायास यह सपना दिखाई दे जाता है। उसने कई बार कोशिश की है कि अपने सपने के राजकुमार का चेहरा देख ले लेकिन हर बार उसका चेहरा बादलों और धुन्ध के बीच गड्ड-मड्ड हो जाता था। शुरू-शुरू में यह चेहरा त्रिवेणी जैसा लगता। बहुत दिनों तक लगता रहा। बाद में जैसे-जैसे त्रिवेणी की स्मृति धुँधलाती गई, चेहरे का आकार भी अस्पष्ट होता गया। कई बार ऐसा हुआ कि राजकुमार का चेहरा शंकर के चेहरे से मेल खाने लगा। ऐसा जब भी कभी हुआ, पसीने से भीगी राजकुमारी के बर्फ में डूबे हाथों ने भागते हुए अश्वारोहों का आवाहन करने से इनकार कर दिया। हर ऐसे अनुभव के बाद, जब कभी राजकुमारी घबराकर उठी है, उसे स्थिर होने में काफी समय लगा है।

आज भी राजकुमारी अर्द्धनिमीलित अवस्था में पुराने सपनों में डूब गई। आज उसने गौर से देखा तो उसे लगा कि राजकुमार का चेहरा किसी कम उम्र किशोर की तरह था। उसने बार-बार सुरेन्द्र के चहरे को याद करने की कोशिश की लेकिन सुरेन्द्र का चेहरा धुँधला-सा उभरता और उसकी पकड़ से फिसलता चला जाता।

दरअसल सोते समय देखे गए सपनों के अलावा उठते-बैठते घर में काम करते-करते भी राजकुमारी एक सपना देखती रहती थी। यह सपना भी राजकुमार से ही सम्बन्धित था। माँ के मरने क बाद से ही राजकुमारी को किसी ऐसे राजकुमार का इन्तजार रहने लगा था जो उसे अकेलेपन की यातना से मुक्ति दिलाकर कहीं दूर ले जाता। खाली समय में, वह पड़ोस से माँगे गए घटिया उपन्यास पढ़ती और इन उपन्यासों से उसे और भी मानसिक खुराक मिलती। वह अपनी कल्पना के राजकुमार के खयालों में डूबे-डूबे खुद ही मुस्कुराती, नाराज होती, सिसकियाँ भरती और कभी-कभी खुद से संवाद करने लगती। कई बार ऐसा हुआ है कि उसे बुदबुदाते देखकर मुंशीजी चौंक गए हैं या पप्पू हँसने लगा है। हर बार शरमा कर राजकुमारी चुप हो जाती है और घबरा कर जल्दी-जल्दी दूसरा काम करने लगती है। इस घबराहट में कभी उसका हाथ जलते तवे पर पड़ जाता, कभी गिलास से पानी छलक जाता और कभी उँगली में सुई चुभ जाती।

पहले जब कभी मुंशीजी बाहर राजकुमारी की शादी की बात चलाकर आते और घर में उत्साहित स्वर से बातें करना शुरू करते, इन सपनों की रफ्तार बढ़ जाती। सपनों में खोई राजकुमारी हर पल उस राजकुमार का

इन्तजार करने लगी। कभी-कभी मुंशीजी लड़के की तस्वीर घर ले आते, तब राजकुमार का चेहरा काफी स्पष्ट उभरता। राजकुमारी चोरी-छिपे तस्वीर देखती और रात में अपने सपने के राजकुमार के फ्रेम में इसे मढ़ देती। हर बार शादी की बात बीच में ही टूट जाती। राजकुमारी इस हादसे की इतना ज्यादा अभ्यस्त हो गई थी कि उसे यह जानने के लिए कि उसकी शादी की बात टूट गई है, किसी के मुँह से कुछ सुनने की जरूरत नहीं पड़ती। मुंशीजी के घर में घुसने, कोट उतारने, बात करने या खाना खाने के अन्दाज से ही उसे पता चल जाता कि एक बार फिर उसकी शादी की बात टूट गई है और अभी न जाने कब तक के लिए उसकी नियति इस नर्क से जुड़ी हुई है, जिसे घर कहते हैं। तब उसके सपनों में खोने की रफ्तार ज्यादा बढ़ जाती है और उसके सपनों के राजकुमार का चेहरा पहले की तरह धुँधला और अस्पष्ट हो जाता है।

काफी देर बाद जब वह अपने स्वनिर्मित संसार से वापस लौटी तो जाड़े की रात अपने पूरे भयावह विस्तार के साथ उतर चुकी थी। वह हड़बड़ाकर उठी। समय का अन्दाज नहीं लग रहा था। घर की इकलौती घड़ी मुंशीजी के साथ चली गई थी। राजकुमारी का आज पूरा दिन ऐसे ही चला गया था। अभी उसे दिन के बर्तन माँजने थे, शाम का खाना बनाना था। मजे की सर्दी पड़ रही थी। इस सर्द मौसम में ठंडे पानी से बर्तन माँजने का खयाल ही काफी कष्टदायक था। थोड़ी देर और आलस से पड़े-पड़े अपने बदन की टूटन को महसूस करने की कोशिश वह करती रही। लेकिन उसे उठना ही था और वह उठी।

नल के नीचे जूठे बर्तनों का ढेर देखकर वह कोफ्त से भर उठी। बेमन से उसने ठंडे पानी की धार के नीचे अपनी हथेली डाली और खींच लिया। उसका हाथ सुन्न हो गया था। थोड़ी देर तक वह अपनी हथेलियाँ रगड़ती रही। थोड़ी गर्माहट आते ही उसने पूरा हाथ नल के नीचे डाल दिया। दो थालियाँ धोते-धोते उसकी हिम्मत जवाब दे गई। उसने मन-ही-मन तय किया कि आज सिर्फ खिचड़ी बनाएगी। इस फैसले से उसके मन में अतिरिक्त उत्साह का संचार हुआ। खिचड़ी के लिए उसे सिर्फ एक पतीली साफ करने की जरूरत पड़ेगी। दो थालियाँ हो गईं, एक और साफ करेगी, खुद मुंशीजी की जूठी थाली में खा लेगी। बचपन में उसमें और विनोद में कितना झगड़ा होता था, मुंशीजी की जूठी थाली में खाना खाने के सवाल को लेकर। अक्सर माँ फैसला कराती। अब यह सब चीजें बेमानी लगती हैं। अब तो पहले की

तरह मुंशीजी, विनोद या पप्पू की फरमाइशें भी नहीं रहीं। जो कुछ राजकुमारी बना देती है, सभी सिर झुकाए उसे खा लेते हैं। केवल पप्पू ही कभी-कभी कुछ प्रतिक्रिया व्यक्त करता है। लेकिन उसकी प्रतिक्रिया भी अब केवल झुंझलाकर आधी थाली सरका देने-भर रह गई है। मुँह से कुछ नहीं कहता। राजकुमारी कितना तरसती है कि पहले की तरह मुंशीजी सब्जी या दाल में नमक ज्यादा होने पर चुहल करें, विनोद या पप्पू मनपसन्द खाना न बनाने पर उरारो झगड़ें और राजकुमारी जब तक दूसरे दिन उसका मनपसन्द खाना न बना दे तब तक गुस्सा उसकी नाक पर भिनकता रहे। राजकुमारी ने माँ से सीखा था कि किस तरह तमाम आर्थिक तंगियों के मध्य लजीज खाना बनाया जाए। बचपन में वह माँ से कितनी ईर्ष्या करती थी, जो मशीन की तरह तेजी से, बिना किसी विशेष सामग्री के मजेदार खाना बनाती थी। उसे लगता कि वह कभी ऐसा खाना नहीं बना सकेगी, लेकिन उसने धीरे-धीरे माँ से सब कुछ सीख लिया। माँ के मरने के बाद उसका प्रयास यही रहा कि किसी को भी माँ की कमी महसूस न हो सके। शुरू में ऐसा हुआ भी लेकिन बाद में न जाने क्या हुआ कि घर के सारे सदस्य अलग-अलग द्वीपों की तरह एक-दूसरे से दूर होते गए। अब जिस संवादहीनता की स्थिति में वे पहुँच गए थे, उसमें यह सम्भव नहीं रह गया था कि खाना खाने जैसे अनौपचारिक मौके पर भी उनमें किसी तरह की गर्माहट शेष रह सके।

केवल खिचड़ी पकाने के फैसले से राजकुमारी की कोफ्त कुछ कम हुई। उसने पतीली साफ की और बाकी जूठे बर्तन नल के एक तरफ सरका दिए। ठंड से सिहरते हुए जल्दी-जल्दी उसने अपने हाथ साफ किए और साफ बरतनों को उठाकर रसोई में आ गई। जल्दबाजी में अँगीठी सुलगाना तो वह भूल ही गई थी। उसे एक बार फिर अपने पर झुँझलाहट हुई। उसने जल्दी-जल्दी अंगीठी चौके के बाहर निकाली, सबेरेवाली राख नल के किनारे पड़े जूठे बर्तनों के पास उड़ेली और खाली अँगीठी उठाकर आँगन के किनारे आ गई, जहाँ कोयले का ढेर पड़ा हुआ था। अँगीठी में कोयला भरते-भरते उसने समय का अन्दाजा लगाने की कोशिश की। जाड़े की अँधेरिया रात अपने बारे में किसी तरह का अन्दाज लगाने से रोक रही थी। बहरहाल आस-पास के घरों से आ रही आवाजों से इतना अहसास तो उसे हो ही चला था कि काफी देर हो गई है और मुंशीजी किसी भी क्षण आ सकते हैं। वह जानती है कि थके-माँदे लौटने पर खाना तैयार न देखकर मुंशीजी कुछ कहेंगे नहीं, चुपचाप मुँह ढँक कर लेट जाएँगे लेकिन उनका कुछ न कहना ही राजकुमारी के लिए

ज्यादा यातनाजनक सिद्ध होगा। कोयला भरते हुए उसके हाथों की रफ्तार और ज्यादा बढ़ गई। कोयला भर कर, उसने कुछ लकड़ियाँ सुलगा कर अँगीठी में डालीं और सुलगने के लिए अँगीठी उठाकर बाहर गलियारे में रख आई।

वापस रसोई में आकर उसने चावल थाली में निकाला और बीनना शुरू कर दिया। अभी उसने चावल बीनना खत्म किया ही था कि बाहर दरवाजे पर दस्तक सुनाई पड़ी। हे भगवान, मुंशीजी आ गए क्या ! उसने घबराहट में थाली जमीन पर रख दी और बाहर को भागी। दरवाजा खोलते ही वह यन्त्रवत खड़ी रह गई। सामने त्रिवेणी खड़ा था। उसकी ओर त्रिवेणी की नजरें परिचित अन्दाज से मिलीं और झुक गईं। नजरें बचाते-बचाते जो कुछ त्रिवेणी ने कहा, उसका आशय था कि वह मुंशीजी और विनोद के साथ आया है। विनोद गली के नुक्कड़ पर किसी से बात कर रहा है और मुंशीजी थोड़ा पहले ही रिक्शे से यह कहकर उतर गए थे कि वे बस आते ही हैं। त्रिवेणी के कथन का न जाने कितना अंश राजकुमारी समझ पाई, वह चुपचाप दरवाजे से सटकर एक किनारे खड़ी हो गई। त्रिवेणी पहले भी आ चुका था। अन्दर आकर, वह सीधा मुंशीजी के कमरे की तरफ बढ़ गया।

पता नहीं, कितनी देर तक राजकुमारी दरवाजा पकड़े खड़ी रही। विनोद के कदमों की आहट ने उसकी तन्द्रा भंग की। विनोद दरवाजा पार कर अन्दर आ रहा था, उसे चुपचाप वहाँ खड़ा देख, ठिठककर रुकने लगा लेकिन राजकुमारी बिना उसे कुछ बोलने का मौका दिए, बाहर गली में निकल आई। अँगीठी में आँच अभी ऊपर तक नहीं आ पाई थी। चुपचाप उसने कोयले कुरेदने शुरू कर दिए। कोयले कुरेदने से जल्दी कुछ होनेवाला नहीं था, लिहाजा वह अन्दर गई और पंखा उठा लाई। पंखा झलने से कुछ फर्क पड़ा और ऊपरी सतह के नीचे लाल-लाल चिनगारियाँ दिखाई देने लगीं। उसे पता था कि मुंशीजी आते ही त्रिवेणी के लिए चाय बनाने को कहेंगे। घर में न दूध है और न चीनी। गनीमत है कि विनोद मौजूद है, नहीं तो उधार चीनी लाने शंकर और दूध लाने ग्वाले के घर तक उसे ही जाना पड़ता। ग्वाले के घर तक तो वह जा सकती है किन्तु शंकर की दुकान तक जाने के खयाल से ही उसे वितृष्णा होने लगती है।

गली के मोड़ पर मुंशीजी दिखाई दिए। उनके हाथ में एक कुल्हड़ था। शायद उसमें दही था। तो क्या त्रिवेणी यहीं खाना खाएगा ? राजकुमारी की घबराहट बढ़ गई। उसने घबराकर अँगीठी के लोहे का हैंडल नंगे हाथों से पकड़ा और लगभग दौड़ते हुए आँगन में घुस गई। आँगन के मध्य तक

पहुँचते-पहुँचते उसके हाथ जलने लगे और उसे अँगीठी जमीन पर रखनी पड़ी। जमीन पर अँगीठी रखकर उसने आँचल से उसे पकड़कर उठाया और रसोई में लेकर चली गई। तब तक मुंशीजी भी अन्दर आ गए थे। वे सीधे रसोई में ही चले आए। उनके एक हाथ में दही था और दूसरे हाथ में कुछ मूलियाँ और एक नींबू था। राजकुमारी ने चुपचाप सारी चीजें उनके हाथ से ले लीं। अब तक उसे पक्का यकीन हो चुका था कि त्रिवेणी यहीं खाना खाएगा। इसलिए मुंशीजी के कथन को उसने महज औपचारिक सूचना के तौर पर लिया। हाँ, एक झूठ जरूर उसके मुँह से अनजाने में निकल गया। उसने मुंशीजी को बता दिया कि उसने सबके लिए खिचड़ी बना दी है, केवल सलाद भर काटकर वह खाना लगा देगी। मुंशीजी चले गए।

राजकुमारी ने फटाफट दाल साफ की और अँगीठी पर खिचड़ी चढ़ा दी। आँच कुछ कम थी, उसने फिर पंखा लेकर झलना शुरू कर दिया। खिचड़ी बनने में समय ही कितना लगता है। जब तक खिचड़ी बनेगी, वह सलाद काट लेगी। अन्दर से त्रिवेणी के जोर से हँसने की आवाज आई, साथ में मुंशीजी की हल्की आवाज भी थी। अन्दर त्रिवेणी और मुंशीजी कुछ उत्तेजित आवाज में बातें कर रहे थे। राजकुमारी ने कान लगाकर सुनने की कोशिश की। केवल एक शब्द नौकरी उसके कान में बार-बार पड़ा। तो क्या विनोद को नौकरी मिल गई ! राजकुमारी का मन छलछला उठा। अव्यक्त खुशी से उसका बदन पुलकित हो गया। चुपचाप रसोई में से निकल कर वह बरामदे में खम्भे से चिपक कर खड़ी हो गई। अन्दर कमरे में बैठे हुए तीन व्यक्तियों में से केवल विनोद ही उसे दिखाई पड़ रहा था। त्रिवेणी बार-बार विनोद को मिठाई खिलाने के लिए कह रहा था। मुंशीजी भी उत्साहित स्वर में उसका समर्थन कर रहे थे लेकिन न जाने क्या बात थी कि विनोद बुझे मन से बैठा-बैठा सुबह का अखबार उलट रहा था। शायद मुंशीजी के सामने अपनी खुशी जाहिर करने से शरमा रहा हो। राजकुमारी का मन हुआ कि भागकर ऊपर छत पर चली जाए और बिन्नी को बता दे लेकिन उसने अपने ऊपर नियन्त्रण किया और रसोई में चली आई। विनोद की नौकरी पक्की होने पर ही मुंशीजी त्रिवेणी को खाना खाने के लिए घर ले आए हैं।

राजकुमारी ने अपने हाथ तेज कर दिए। खिचड़ी करीब-करीब बन चुकी थी। उसने मूली काट डाली। बाहर का एक मेहमान बैठा है और उसने सिर्फ खिचड़ी बनाई है—राजकुमारी को शर्म महसूस होने लगी। कम-से-कम सलाद तो ठीक होती। उसने टमाटर की तलाश में पूरी रसोई छान डाली। एक भी

टमाटर नहीं मिला। एक ही उपाय था कि कोई शंकर की दुकान तक जाए और ले आए। उस समय कोई और दुकान तो खुली नहीं होगी। शंकर की दुकान और घर एक ही होने से किसी भी वक्त कोई सामान लिया जा सकता था। राजकुमारी बाहर निकलकर बरामदे में आ गई। विनोद कमरे में सिर झुकाए बैठा दिखाई दे रहा था। उसने उसे हाथ से इशारा किया लेकिन विनोद चुपचाप अखबार के पन्ने में नजरें डाले बैठा रहा। विनोद का ध्यान आकर्षित करने के लिए उसने कई तरह के उपाय किए लेकिन उसके खाँसने, खँखारने या हल्की आवाजों का विनोद पर कोई असर नहीं पड़ा। पता नहीं, कौन सी बात थी जिसके चलते अखबार से सर उठाना उसके लिए नामुमकिन हो गया था। झुँझलाकर राजकुमारी वापस रसोई में आ गई। खिचड़ी पक चुकी थी, उसने उसे उतारकर जमीन पर रख दिया। शंकर के घर उसे ही जाना पड़ेगा। रसोई का पल्ला भेड़कर वह घर के बाहर आई। शंकर का घर ज्यादा दूर नहीं था। लेकिन बाहर की सर्दी और शंकर के घर जाने के खयाल से उत्पन्न हुई जुगुप्सा ने राजकुमारी की चाल काफी धीमी कर दी। उसने सर्द हवा के थपेड़ों से बचने के लिए अपनी महीन सूती साड़ी कसकर चेहरे पर लपेट ली किन्तु बला की सर्दी थी और राजकुमारी बीच-बीच में सिहर उठती थी।

शंकर से मुंशीजी के परिवार का पुराना रिश्ता था। जब से वे लोग इस मुहल्ले में आए हैं, राजकुमारी को याद नहीं पड़ता कि कोई महीना ऐसा गुजरा है जिसके आखिर में शंकर के यहाँ से उधार लेने की नौबत न आई हो। कितनी बार मुंशीजी ने उससे छुटकारा पाने की कोशिश की है लेकिन हर बार हार गए हैं। माँ थी तो इसी बात पर मुंशीजी से लड़ती थी लेकिन उसे भी पता था कि बिना शंकर की मदद से उनकी गृहस्थी की गाड़ी हर महीने बैठ जाएगी। लिहाजा महीने के शुरू से ही जोड़-तोड़ करने के बावजूद महीने के आखीर में वह भी समर्पण कर ही देती थी। माँ के मरने के बाद धीरे-धीरे विनोद और पप्पू का रिश्ता घर से खत्म होता गया, लिहाजा उधार लेने शंकर की दुकान तक या तो मुंशीजी जाते या फिर राजकुमारी को जाना पड़ता। अक्सर जब कई महीने का हिसाब बिनचुका रह जाता और शंकर उधार देने से इनकार करने लगता था मुंशीजी राजकुमारी को ही भेजते। शुरू के सालों में शंकर के लड़के की राजकुमारी में काफी दिलचस्पी थी। अक्सर उसके स्कूल जाने के समय वह गली के मोड़ पर खड़ा रहता, कभी-कभी उसके स्कूल तक पीछा करता। शंकर की अनुपस्थिति में वह दुकान पर बैठता था।

अगर कभी ऐसे मौके पर राजकुमारी दुकान पर आ जाती तो उसकी बाछें खिल जातीं। उसकी एक सीमा तक छेड़छाड़ राजकुमारी को भी अच्छी लगती। उसके आँख मारने, उंगलियाँ छू लेने या कलाई पकड़ लेने पर राजकुमारी हल्के से हँस देती और दुकान के बाहर भाग आती। दुकान और घर एक ही इमारत में होने के कारण शंकर के लड़के का साहस इससे ज्यादा बढ़ने का होता भी नहीं। बाहर पार्क या सिनेमाहाल में मिलने के उसके प्रस्ताव को चाहते हुए भी स्वीकार करने का साहस राजकुमारी नहीं जुटा सकी थी। बाद में धीरे-धीरे उसकी दिलचस्पी राजकुमारी में से खत्म हो गई थी। मोहल्ले में और न जाने कितनी लड़कियाँ राजकुमारी की जगह लेने को तैयार हो गई थीं और चूँकि मोहल्ले के अधिकांश घर भी शंकर के कर्ज में डूबे थे लिहाजा उसने दूसरी लड़कियों में दिलचस्पी लेनी शुरू कर दी थी।

शंकर अपनी दुकान में तख्ते पर रजाई ओढ़े बैठा था। दरअसल उसके घर के बाहरवाला कमरा ही उसकी दुकान थी जिसमें वह रोजमर्रा के जरूरत की हर चीज रखता था। दुकान का एक पल्ला खुला था और अन्दर एक मद्धिम-सी लालटेन जल रही थी। राजकुमारी खुले पल्ले से अन्दर घुसी। शंकर शायद ऊँघ रहा था। उसने दो-एक बार आँखें मिचमिचाईं और चैतन्य होकर राजकुमारी को देखने लगा। उसकी आँखों में राजकुमारी को देखते ही चमक आ गई। उसकी यही चमक राजकुमारी के मन में भय और घृणा उत्पन्न करती थी। घर के अन्दर से कोई आवाज नहीं आ रही थी। लगता था, सभी या तो कहीं बाहर गए हुए हैं या फिर सो गए हैं। राजकुमारी की घबराहट बढ़ गई। उसने बड़ी मुश्किल से टमाटर की टोकरी की तरफ इशारा किया और उसके मुँह से एक पाव निकला। टमाटर तौलते समय भी शंकर की आँखों में वही चमक थी। उसका ध्यान टमाटर तौलने पर कम था और राजकुमारी के बदन के उतार-चढ़ाव पर ज्यादा। उसने कमोबेश जैसा हुआ टमाटर तौलकर तराजू का पलड़ा राजकुमारी की तरफ बढ़ाया। राजकुमारी झोला लाना भूल गई थी। उसने हड़बड़ाकर अपनी साड़ी का पल्लू आगे कर दिया। शंकर ने बाएँ हाथ से तराजू के टमाटर उसके पल्लू में गिराए और उसका दाहिना हाथ अचानक राजकुमारी की छाती पर पहुँच गया। राजकुमारी एकदम से चिहुँक कर पीछे हटी। उसके पल्लू से टमाटर गिरते-गिरते बचे। शंकर ने एकदम से रजाई पीछे फेंकी और उसके ऊपर झपटने की कोशिश की लेकिन तब तक राजकुमारी सँभल चुकी थी। शंकर की पकड़ में आने के पहले ही वह खुले पल्ले से बाहर निकल भागी। बाहर सड़क पर भी लगभग

बीस गज उसने दौड़कर तय किया। चारों तरफ सन्नाटा था, इसलिए किसी ने देखा नहीं लेकिन फिर भी कोई देख न ले, इस भय से राजकुमारी के पाँव जकड़ गए। उसने रुककर अपने अस्त-व्यस्त कपड़े ठीक किए, अपनी तेज चलती साँस को काबू में करने की कोशिश की और लम्बे-लम्बे डग भरते हुए रास्ता तय कर लिया।

मुंशीजी, लगता है उसी को तलाश रहे थे क्योंकि जब वह पहुँची तो वे रसोई में झाँककर वापस आ रहे थे। उसे आता देखकर, ठिठक कर खड़े हो गए। उनके चेहरे पर दोपहर वाला भाव क्षण-भर को आया लेकिन इसी बीच में राजकुमारी ने टमाटर हाथ में ले लिए थे। टमाटर उसके हाथों में देखकर उनका चेहरा कोमल हो गया और वे अन्दर चले गए। राजकुमारी ने खिचड़ी को छूकर देखा, ठंडी हो गई थी। अँगीठी अभी बुझी नहीं थी, उसने फिर से खिचड़ी उस पर चढ़ा दी। इसी बीच उसने मूली और टमाटर धोकर सलाद काट डाला। शंकरवाला प्रसंग हालाँकि ताजा था लेकिन उसके प्रभाव से वह काफी हद तक मुक्त हो गई थी। इतनी बार उसे इस तरह का अनुभव हुआ है कि ज्यादा देर तक अब उसके दिमाग पर तनाव नहीं रहता। खिचड़ी उतार कर उसने थालियों में परोसा, कटोरियों में दही निकाली और थालियों के एक किनारे सलाद लगा दी। फिर वह उठकर बाहर गई और विनोद को बुला लाई। हालाँकि विनोद अभी भी अनमना था लेकिन इस बार राजकुमारी धृष्टता पर उतारू हो गई और विनोद को उसकी तरफ देखकर उठना ही पड़ा। विनोद पहले पानी ले गया। कमरे में एक मेज पड़ी थी जिसे पहले वह पढ़ने के लिए इस्तेमाल करता था, बाद में वह सामान और गन्दे कपड़े वगैरह रखने का स्टैंड बन गई थी। मुंशीजी ने तब तक सब सामान उतारकर कोने में पड़ी चारपाई पर डाल दिया। विनोद ने उसी पर थालियाँ लगा दी और तीनों लोग अपनी-अपनी कुर्सियाँ खींच कर खाने लगे।

राजकुमारी बाहर खम्भे की ओट में खड़ी हो गई। इस बार सामने त्रिवेणी दिखाई दे रहा था। मुंशीजी ने खिचड़ी बनने की कुछ सफाई देनी चाही लेकिन त्रिवेणी ने कुछ औपचारिक शब्दों से उनका बोलना बन्द कर दिया। राजकुमारी चुपचाप त्रिवेणी का खाना देखती रही। त्रिवेणी उसका बालसखा था। तहसीलदार साहब की कोठी के पिछवाड़े, आम के बगीचे में, उसके साथ बिताए क्षण उसे अभी तक याद हैं। वर्षों बाद त्रिवेणी ने जब फिर से मुंशीजी के घर आना शुरू किया तो झिझक की एक अनचाही दीवार दोनों के बीच

आ गई थी। दोनों की नजरें एक-दूसरे से मिलतीं और झुक जातीं। पता नहीं क्या था कि चाहते हुए भी वे एक-दूसरे से बात नहीं कर पाते। जिस दिन त्रिवेणी घर आता, राजकुमारी के सपनों के राजकुमार की शक्ल कुछ-कुछ उससे मिलने लगती। त्रिवेणी ने उसे कभी नहीं बताया लेकिन उसे पता है कि त्रिवेणी की शादी हो चुकी है और उसके कई बच्चे भी हैं। इसके बावजूद त्रिवेणी उसके सपनों में सबसे ज्यादा टिकनेवाला राजकुमार रहा है और रहेगा। मुंशीजी खाना खत्म करके उठ गए थे और हाथ धोने बाहर की तरफ आ रहे थे। राजकुमारी तेजी से अन्दर रसोई की तरफ सरक गई।

तीनों ने बाहर आँगन में बारी-बारी से हाथ धोए। विनोद थालियाँ उठाकर बाहर रख गया। थोड़ी देर तक और वे कमरे में बैठे और उसके बाद त्रिवेणी उठकर बाहर जाने लगा। शायद मुंशीजी ने कहा था, विनोद भी त्रिवेणी को छोड़ने के लिए उसके साथ-साथ बाहर निकल आया। मुंशीजी वापस कमरे में आकर चारपाई पर लेट गए। शायद बुरी तरह से थक गए थे। सबेरे से ही दौड़ रहे थे। राजकुमारी ने झाँककर अन्दर देखा, वे एक हाथ आँखों पर रखे रोशनी से बचने का प्रयास करते हुए लेटे थे।

राजकुमारी ने पतीली में झाँककर देखा। थोड़ी-सी खिचड़ी और बची थी। उसने उसे ढँककर एक तरफ रख दिया। पप्पू आएगा तो खा लेगा। खुद टमाटर के बचे-खुचे टुकड़ों में से एकाध खाकर उठ गई। अच्छा हुआ किसी ने कुछ माँगा नहीं। वैसे मुंशीजी और विनोद तो माँगते नहीं। त्रिवेणी भी कुछ माँग न बैठे शायद इसीलिए मुंशीजी जल्दी-जल्दी खाकर उठ गए थे। त्रिवेणी के खाना खत्म करने की प्रतीक्षा किए बिना बाहर हाथ धोने निकल आए थे।

खत्म हुआ दिन राजकुमारी के लिए कितना मायने रखता था। विनोद को नौकरी मिलने की बात पूरे परिवार के लिए महत्त्वपूर्ण थी और जिस्म का अनुभव उसके अपने लिए। विनोद की नौकरी में ऐसी बहुत-सी सम्भावनाएँ थीं, जिनके बारे में पूरी रात सोचा जा सकता था लेकिन राजकुमारी तन और मन दोनों से बुरी तरह थक चुकी थी इसलिए अब कुछ भी न सोचकर चुपचाप लेटना चाहती थी। लेकिन पप्पू अभी नहीं आया था इसलिए सोना निरर्थक था क्योंकि उसके लिए फिर से दरवाजा खोलने के लिए जगना पड़ता और सोते में से जगने से उसे बड़ी चिढ़ होती थी। इसलिए वह सिर्फ लेटना चाहती थी। लेटे-लेटे वह पप्पू का इन्तजार करने लगी। उसने शाम के अपने अनुभव को महसूस करने की कोशिश की। सब कुछ बड़ा

धुँधला-सा लग रहा था। ऐसा लग ही नहीं रहा था कि अभी कुछ ही घंटे पहले वह इतने बड़े अनुभव से होकर गुजरी है। उसने करवट बदली। पप्पू को न जाने क्या हो गया है। लड़का सुबह से न जाने कहाँ मारा-मारा फिरता है। दोपहर में सिर्फ खाना खाने आया था। राजकुमारी का मन पप्पू के लिए उदास हो गया। उसे लगा कि घर के अलग-थलग द्वीपों से बँट जाने के अगर सबसे ज्यादा किसी का नुकसान हुआ है तो पप्पू का। राजकुमारी ने सब कुछ भूल जाने की कोशिश की। इस घर में दुख से छुटकारा पाने का सबसे अच्छा उपाय था, सब कुछ भूल जाना। दिन-भर की थकी राजकुमारी के लिए भूलना इतना मुश्किल भी नहीं था। धीरे-धीरे पप्पू, विनोद, मुंशीजी, त्रिवेणी, सुरेन्द्र सबकी आकृतियाँ एक-दूसरे में गड्ड-मड्ड होकर धुँधली पड़ने लगीं और नींद के खिलाफ संघर्ष करती हुई राजकुमारी ऊँघने लगी।

इस साल का दिसम्बर

जाड़े का कमजोर सूरज अपनी बीमार किरणें रोशनदान और खिड़कियों के अन्दर फेंकने की भरपूर कोशिश कर रहा था। उसकी कुछ किरणें विनोद की आँखों से टकराईं। रात विनोद काफी देर से लौटा था इसलिए अभी उठने का उसका बिल्कुल मन नहीं था। उसे पता था कि उसे उठाने के लिए मुंशीजी रोज उठते ही खिड़कियाँ खोल देते हैं। उसका पलंग कमरे में ऐसे कोण पर है, जहाँ सूरज की किरणें सीधे उसकी आँखों से आकर भिड़ जाती हैं और थोड़ी देर कसमसाने, कम्बल से मुँह ढकने के बावजूद उसे उठना पड़ता है। पहले की तरह मुंशीजी देर तक सोने के लिए उसे न तो अब डाँटते हैं और न ही उपदेशों का लम्बा सिलसिला शुरू करते हैं। उसने आँखें बन्द किए-किए ही महसूस किया कि दूसरे कोने पर मुंशीजी की चारपाई खाली पड़ी होगी। उन्होंने बिस्तर लपेट कर सिरहाने रख दिया होगा और खुद दुछत्ती पर धूप में उकड़ूँ बैठे सुबह का अखबार पढ़ रहे होंगे। थोड़ी देर बाद वे किसी ईंट के टुकड़े से अखबार दबाकर उठ जाएँगे और पाखाने चले जाएँगे। तब विनोद उठेगा। सीधा अखबार के पास जाकर वह भी उकड़ूँ बैठ जाएगा। अखबार में ज्यादा कुछ उसकी दिलचस्पी का नहीं रहता। उसे सिर्फ विज्ञापनों से मतलब है। वह रिक्त स्थानवाले कॉलमों पर उँगलियाँ दौड़ाता रहेगा। तबीयत उचाट

होने पर सिनेमा के विज्ञापन देखने लगेगा। थोड़ी देर बाद फिर निगाहें वापस रिक्त स्थानोंवाले कॉलमों में पहुँच जाएँगी। अकसर उसे अपने मतलब की कोई चीज नहीं मिलती। किसी-किसी दिन मिल जाती है तो चुपचाप ब्लेड से उतना हिस्सा काटकर जेब में रख लेता है।

उसने लेटे-लेटे मुंशीजी के बाहर चलने की आहट सुनी। आँखें खोलकर चारों ओर देखा। काफी धूप कमरे में आ चुकी थी, बाँहें पीछे को फैलाकर उसने अँगड़ाई ली और धीरे-धीरे कम्बल नीचे उतारकर वह उठ खड़ा हुआ। एक बार उसने सोचा कि बिस्तर लपेट दे लेकिन फिर अलसाकर बाहर निकल आया। सामने पत्थर के टुकड़े से दबा अखबार पड़ा था। अखबार देखकर अब उसे उत्सुकता नहीं होती। एक जैसे रूटीन निभाने की ऊब का भाव उसके मन में उत्पन्न हुआ, लेकिन इस रूटीन से कोई छुटकारा भी तो नहीं था। ज्यादा-से-ज्यादा यह हो सकता है कि वह यहाँ पढ़ने की जगह अखबार उठाकर ऊपर छत पर ले जाए और आराम से धूप में पसरकर पढ़े। उसने यही किया।

छत पर उसने एक साफ-सुथरी जगह चुनी जहाँ पर पर्याप्त धूप आ रही थी। वह दीवार से टेक लगाकर बैठ गया। सबसे पहले उसने दूसरा पन्ना खोला। वान्टेड कॉलम पर एक सरसरी निगाह डाली। मतलब की कोई खास चीज नहीं थी। कुछ जगहें ऐसी थीं, जिनके लिए वह ओवरएज हो चुका था, कुछ के लिए अनुभव की जरूरत थी, कुछ में जमानत माँगी गई थी और कुछ उन प्रतियोगिता परीक्षाओं की सूचनाएँ थीं जहाँ पचास-साठ रुपए के पोस्टल ऑर्डर परीक्षा फॉर्म के साथ भेजने थे। इनमें से किसी के बारे में माथापच्ची करना बेकार था। हाँ, एक जनरल स्टोर में सेल्समैन की जगह खाली थी। उसने दुकान का पता ध्यान से पढ़ा, पास ही के किसी मोहल्ले की थी। थोड़ा उत्साहित हुआ लेकिन उसका उत्साह ज्यादा देर नहीं टिका। हालाँकि विज्ञापन में कहीं नहीं लिखा था लेकिन अनुभव से वह जानता था कि मालिक नौकरी देने के पहले जमानत की माँग करेगा और जमानत दे पाना मुंशीजी के लिए एक तरह से असम्भव ही होगा। फिर भी एक सादे कागज पर प्रार्थना-पत्र भेजने में लगता ही क्या है। उस मुहल्ले में मुंशीजी के पढ़ाये कुछ लोग जरूर निकल आएँगे। क्या पता काम बन ही जाए ? उसने दुकान का नाम ध्यान से पढ़ा और अपने मन में बिठाने की कोशिश की। आज शाम को ही वह मुंशीजी से इस विषय में बात करेगा। उसने दूसरा पन्ना पलटा, एकाध हत्या और बलात्कार की खबरों से गुजरते हुए

फिल्मी कॉलम तक पहुँच गया।

एक छोटा-सा कंकड़ आकर उसके अखबार पर गिरा। थोड़ा-सा अखबार फट गया। गुस्से में मुँह फुलाए वह नीचे ही ताकता रहा। जानता था कि दोनों छतों की विभाजन दीवार के उस पार बिन्नी खड़ी, कमर पर हाथ रखे शरारत से मुस्कुरा रही होगी। बिना नजरें उठाए वह कल्पना करता रहा लेकिन जानता था कि ज्यादा देर तक इस स्थिति मे रह पाना सम्भव नहीं था। अगर वह एक बार भर नजर बिन्नी की तरफ नहीं देखेगा तो अभी वह ठुमकती हुई सीढ़ियों से नीचे उतर जाएगी और फिर मुंशीजी से पढ़ते समय लगातार उसे परेशान करेगी। मुंशीजी उसे आँगन में बैठकर पढ़ाते हैं। खुद पीढ़े पर बैठकर दाढ़ी बनाने जैसे छोटे-मोटे काम करते रहते हैं और सामने दरी पर बैठी बिन्नी पढ़ती रहती है। कभी-कभी राजकुमारी भी आकर उसके पास बैठ जाती है। जिस दिन वह बिन्नी की उपेक्षा कर देता है, उस दिन वह मुंशीजी के सामने उसे रुआँसा बना देती है। छोटे से घर में विनोद को बार-बार किसी न किसी काम से उधर से गुजरना ही पड़ता है और मुंशीजी की नजरें बचाकर बिन्नी ऐसी-ऐसी शरारतें करती है कि विनोद को कहीं आड़ में खड़े होकर, बिन्नी से हाथ जोड़कर माफ करने का इशारा करना पड़ता है। किसी दिन अगर मुंशीजी ने देख लिया तो विनोद के लिए डूब मरने जैसी बात हो जाएगी। शरारती बिन्नी कभी-कभी तो अपने पास बैठी राजकुमारी की भी परवाह नहीं करती। राजकुमारी अनजान बनकर दूसरी तरफ देखने लगती है। विनोद ने हार मान ली और चुपचाप नजरें उठाकर बिन्नी की तरफ देखा। दोनों की नजरें मिलीं। बिन्नी से नजरें मिलने पर अब पहले जैसी सनसनाहट का अनुभव उसे नहीं होता। धीरे-धीरे उसने अपनी नजरें झुका लीं और अखबार के पन्ने पर निरर्थक दौड़ाने लगा। बिन्नी चली गई। उसके लिए इतना ही काफी था।

इधर कुछ दिनों से विनोद ने अनुभव किया है कि बिन्नी और उसका रिश्ता भी बीच-बीच में गड़बड़ा जाता है। मुंशीजी और बड़े बाबू के परिवार पिछले कई सालों से पड़ोसी हैं। दोनों घरों की छतें मिली हुई हैं। दोनों छतों के बीच में केवल एक दीवार है। विनोद ने बिन्नी को तब से देखना शुरू किया है जब वह केवल फ्राक पहनती थी। पिछले दो-तीन सालों में अचानक वह बड़ी हो गई है। फ्राक से सलवार-कुर्ते में आते-आते उसमें बहुत से परिवर्तन हुए हैं। अचानक उसने विनोद को भैया कहना छोड़ दिया था और उससे नजरें चुराने लगी थी। शुरू-शुरू में विनोद को भी बड़ा मजा आता।

जब कभी ऊपर छत से बिन्नी के बोलने की आवाज आती, वह किसी-न-किसी बहाने ऊपर पहुँच जाता। बिन्नी राजकुमारी से मिलने अगर उनके घर आती तो वह किसी-न-किसी बहाने से उसके इर्द-गिर्द मँडराता रहता। बाद में खतों का आदान-प्रदान भी शुरू हो गया। अक्सर छत पर एकान्त अँधेरे में दोनों एक-दूसरे से मिल लेते। विनोद चाहकर भी ज्यादा आगे नहीं बढ़ पाता क्योंकि बिन्नी के सर पर सवार संस्कारों का बोझ उसे ज्यादा कुछ करने की इजाजत नहीं देता। शुरू में सब कुछ ठीक-ठाक चल रहा था। विनोद जानता था कि उन दोनों के प्रेम-प्रसंग में कोई फिल्मी मोड़ आनेवाला था। सभी कुछ सीधे-सादे ढंग से खत्म हो जाएगा। दोनों परिवार सजातीय थे। बड़े बाबू की आर्थिक स्थिति कुछ अच्छी जरूर थी लेकिन दो-एक साल में वे रिटायर होनेवाले थे, इस तरह जल्दी ही मुंशीजी की श्रेणी में आनेवाले थे। बिन्नी के लिए दहेज जुटाना उनके लिए भी कोई छोटी समस्या नहीं थी। शायद इसीलिए बिन्नी साल-दर-साल पढ़ती चली जा रही थी और अभी तक बड़े बाबू कहीं उसकी शादी तय नहीं कर पाए थे। विनोद के लिए यह अच्छा ही था। बस उसे नौकरी मिलनी थी और फिर बड़े बाबू को तैयार कर पाना कोई मुश्किल काम नहीं था। लेकिन इसी नौकरी ने ही तो उसके और बिन्नी के सम्बन्धों में गड़बड़ शुरू कर दी थी। हालाँकि यह गड़बड़ी सिर्फ उसके स्तर पर थी, बिन्नी को इससे कोई सरोकार नहीं था।

नौकरी ने दरअसल उसके और बिन्नी के ही नहीं बल्कि उसके और बाहरी दुनिया के हर रिश्ते को गड़बड़ा दिया है। नौकरी की तलाश और लगातार मिल रही असफलता ने उसे आत्मनिर्वासन की ऐसी अन्धी सुरंग में पहुँचा दिया है जिसमें भटकते-भटकते वह पूरी तरह से टूट गया है। अब तो किसी परिचित से बात भर का आत्मविश्वास भी उसके पास नहीं बचा है। मुंशीजी से बात करते हुए तो लगता है कि वह रो पड़ेगा। शायद इसीलिए मुंशीजी भी उससे बात नहीं करते। हर तरफ से उपेक्षित महसूस करके वह केवल एक प्राणी को दुख दे सकता है, उसका क्रूर आनन्द उठा सकता है और वह प्राणी है बिन्नी। गुस्से और अपमान में भरा वह बिन्नी से सारे सम्बन्ध तोड़ने का फैसला कर लेता है और फिर कई-कई दिन तक उसके सामने नहीं पड़ता। उसे पता है कि बिन्नी को किस कदर आहत कर रहा है लेकिन फिर तीन-चार दिन बाद उसके स्कूल जाने के रास्ते पर या छत पर खड़े होकर उससे आँखें मिलाकर उसे खुश कर देता। बिन्नी के लिए यही सबसे बड़ी खुशी थी। पिछले कई महीनों से न तो उसने बिन्नी के किसी

खत का जवाब दिया था और न ही उससे एकान्त अँधेरे में छत के किसी कोने में मिला। उससे मिलने में भी उसे यही डर सताता था कि कहीं हीनता-बोध से ग्रसित उसका मन रो न पड़े। हालाँकि उसे पता था कि दुनिया में किसी के सामने अगर वह रोएगा तो वह बिन्नी ही होगी क्योंकि केवल वही उसका दुःख समझकर सहानुभूति दे सकती है।

लेकिन इन सबके बावजूद अब अपने और बिन्नी के रिश्तों को परिभाषित करना उसके लिए किस कदर मुश्किल हो गया था।

बिन्नी चली गई थी। अखबार में कुछ भी शेष नहीं था फिर भी विनोद बैठा रहा। जाड़े की सुबह धूप काफी गुनगुनी लग रही थी और उठने का बिल्कुल मन नहीं कर रहा था। उसने अखबार एक तरफ हटा दिया और टाँगें पसार कर सीधी कर लीं। धीरे-धीरे अपने आप उसकी आँखें मुँद गईं। करने को कुछ था नहीं और पूरा दिन सामने पड़ा था। धूप ने हल्के-हल्के उसके बदन को गर्माना शुरू कर दिया। सुबह उठते समय ठंड से सिकुड़ी उसकी उँगलियाँ धीरे-धीरे फैलने लगीं। धूप की गर्माहट ने बजाय आलस को दूर करने के और बढ़ा दिया। उसे पता नहीं चला वह ऊँघने लगा। उसकी नींद नीचे किसी बर्तन गिरने की आवाज से टूटी। शायद राजकुमारी के हाथ से कोई बर्तन गिरकर टूट गया था। आवाज की कँपकँपाती लहरें पूरे घर में फैलीं और फिर धीरे-धीरे खामोशी की झील में डूब गईं। कितना अजीब था कि मुंशीजी नीचे मौजूद थे और एक बार भी उनकी ऊँची आवाज नहीं उभरी। हल्के से 'क्या टूटा' जैसा कुछ सुनाई दिया फिर सब कुछ यथावत् हो गया। उन दिनों जब आर्थिक अभाव का इतना जबर्दस्त दबाव नहीं था तब भी ऐसा कभी नहीं हुआ था कि कोई चीज टूटी हो और मुंशीजी ने आसमान सिर पर न उठा लिया हो। वह धीरे से उठा, अखबार उठाया और मुँडेर से झाँककर देखा, आँगन में अपराध-बोध से दबी राजकुमारी शीशे की किरचें बटोर रही थी। कोई गिलास टूटा था। मुंशीजी बरामदे के एक खम्भे से सिर टिकाये शेव कर रहे थे। अभी तक बिन्नी पढ़ने नहीं आई थी। आँगन में नल के नीचे पप्पू मिट्टी से अपने हाथ धो रहा था। अगर नल से पानी की आवाज न आती तो शायद पता ही नहीं चलता कि इस घर में कुछ जिन्दा प्राणी भी हैं या मुंशीजी, राजकुमारी और विनोद जिस छत के नीचे-ऊपर बैठे हैं, वह घर है।

घर की याद आते ही विनोद का मन कड़ुआहट से भर गया। कितना दुखद है, एक भरे-पूरे घर का नदी के अलग-थलग एक-दूसरे से कटे द्वीपों

में तब्दील हो जाना। संवादहीनता की जैसी जड़ नदी इन द्वीपों के मध्य से होकर गुजरती थी, उसकी याद मात्र से ही विनोद के अन्दर का बहुत कुछ पिघलने लगता है। आखिर कैसे हो गया यह सब ? क्यों घर के सदस्य एक-दूसरे से कटते-कटते, एक-दूसरे से इतने दूर हो गए कि अब उनके मध्य किसी तरह का संवाद सम्भव ही नहीं रह गया है ? घर क्या महज चार दीवारों और छत से बनता है ? ऐसी छत और दीवारें जिनके घेरे में आते ही सबका दम घुटने लगता है। घर की यह हालत पिछले तीन-चार सालों से ही हुई थी। पता नहीं इसके पीछे माँ की मृत्यु थी, विनोद की बेकारी थी, राजकुमारी की शादी न हो पाना था या रिटायरमेंट के बाद बढ़ी हुई मुंशीजी की आर्थिक कठिनाइयाँ थीं। कुछ था जिसने घर की सारी इंसानी गर्माहट छीन ली थी और शेष रह गया था केवल ठंडी और अनिवार्य औपचारिकता का लम्बा सिलसिला। विनोद को पता था कि बाहर मोहल्ले के लड़के राजकुमारी को लेकर क्या-क्या बातें करते हैं। पहले वह इन बातों को सुनकर छटपटा जाता था। किसी ने उनके सामने नहीं कहा, नहीं तो वह लड़ भी जाता। अब तो अगर उसके पहुँचने पर सीताराम की दुकान पर मोहल्ले के किशोर लड़के एक-दूसरे की तरफ देखकर मुस्कुराने लगते हैं या फुसफुसाकर खिलखिला उठते हैं तो वह सिर्फ आहत खामोशी के साथ चुपचाप चाय सुड़कने लगता है या अखबार में अपना सिर झुका देता है। पप्पू के बारे में भी उसे जो कुछ जानकारी मिलती रहती है, वह कोई बहुत सुखद नहीं है। उसकी तरफ ध्यान देने की किसी को फुर्सत ही नहीं है। मुंशीजी को जाने क्या हो गया है, कभी भूल से भी पप्पू की पढ़ाई-लिखाई के बारे में नहीं पूछते। उन्हें नहीं पता लेकिन विनोद को पता है कि पिछले साल पप्पू ने इम्तहान नहीं दिया, इम्तहान की फीस पता नहीं कहाँ उड़ा गया। रिजल्ट निकलने पर मुंशीजी ने मान लिया था कि वह फेल हो गया है। वह खुद कितना उसके बारे में जानने की कोशिश करता है ? सड़क या गली में उससे मुलाकात होने पर किस तरह मुँह उठाए सीधे चलता चला जाता है। आज तक कभी उसने उसे पढ़ाने या सुधारने की कोशिश की ? उससे बड़ी उम्रवाले, लफंगे दोस्तों के बारे में जानते हुए भी कभी उसे उनके साथ जाने से रोकने की कोशिश की ? उन लड़कों के साथ वह किन अनुभवों से होकर गुजर रहा है, इसे भी विनोद अच्छी तरह से जानता है। एक बार तो गली के अँधेरे कोने में उसने एक लड़के के साथ उसे पकड़ भी लिया था लेकिन बिना कुछ कहे मुँह चुराकर चला आया। विनोद का मन अपराध-बोध से भर उठा। इस टूटते

हुए घर के लिए उसकी क्या कोई जिम्मेदारी नहीं है ? शायद उसकी नौकरी से हालत कुछ सुधरे। इस घर की दरकती हुई दीवारें कुछ मजबूती पा जाएँ, राजकुमारी की शादी हो जाए, पप्पू मन से पढ़ने लगे और मुंशीजी एक बार फिर छड़ी उठाए सुबह-शाम पेंशनर्स के साथ टहलने लगें।

कुछ देर के लिए विनोद ने आश्वस्त महसूस किया लेकिन जल्दी ही उसका मन क्षोभ और गुस्से से भर उठा। क्यों करेगा वह कुछ भी इस अभिशप्त घर के लिए जिसने आज तक उसे आत्मनिर्वासन, जलालत और दुःख के सिवा और कुछ नहीं दिया। वह नौकरी मिलते ही यहाँ से दूर भाग जाएगा। वह जानता था कि उसे कोई अच्छी तनख्वाहवाली नौकरी तो मिलेगी नहीं। छोटी तनख्वाहवाली नौकरी इस घर को मजबूती तो क्या प्रदान करेगी, उल्टे उसकी नई जिन्दगी को भी लोना लगा देगी। उसकी नई जिन्दगी का मतलब उसकी और बिन्नी की नई जिन्दगी से था। वह नहीं चाहता कि बिन्नी भी राजकुमारी की तरह अभाव और अपमान की जिन्दगी जिये। नौकरी मिलते ही वह बड़े बाबू से शादी की बातें करेगा। शादी होते ही वह बिन्नी को लेकर अलग हो जाएगा। इस अभिशप्त घर की छाया भी वह अपनी गृहस्थी पर नहीं पड़ने देगा। न जानें क्यों यह सब सोचते-सोचते वह कमजोर पड़ने लगा। उसे पता है कि इस घर ने आक्टोपस की तरह उसे जकड़ रखा था और उसके लिए इतना आसान नहीं था कि वह इससे छुटकारा पाकर कहीं और जाने का फैसला कर सके। उसके घर छोड़ने का मतलब था राजकुमारी का फूले हुए पेट के साथ किसी कुएँ में मृत पाया जाना, पप्पू का बम्बई या कलकत्ता भाग जाना या मुंशीजी का हमेशा-हमेशा के लिए अपने को किसी कमरे में बन्द कर लेना। विनोद के माथे की नसें तड़कने लगती हैं। हर तरह से अपनी और नितान्त निजी जिन्दगी जीने की सम्भावनाएँ उसके लिए बन्द थीं। उसे इसी आक्टोपस के पंजों में छटपटाना था और इसके पहले कि यह आक्टोपस उसका खून पूरी तरह से निचोड़कर उसे निर्जीव बना डाले, लगातार उसकी भुजाएँ काटने की कोशिश करनी थी।

धीरे-धीरे विनोद छत से नीचे उतर आया था। पप्पू हाथ-मुँह धोकर बाहर जा रहा था। मुंशीजी निर्विकार भाव से खाली नल के नीचे आकर ब्रश धोने लगे थे। उन्होंने शायद पप्पू के बाहर जाने का कोई खास नोटिस नहीं लिया था लेकिन विनोद का एक बार मन हुआ कि उसे रोक दे और पढ़ने के लिए कहे या कम-से-कम बाहर जाने के पहले एक बार चाय पीने के लिए तो कहे ही लेकिन पता नहीं मुंशीजी की उपस्थिति थी या कुछ और, वह

चुपचाप पाखाने में घुस गया। जब वह बाहर निकला तो बिन्नी आ चुकी थी और दरी पर बैठकर कुछ पढ़ रही थी। मुंशीजी पास ही खम्भे से टिककर बैठे अपने धोती के छोर से ब्लेड पोंछ रहे थे। बिन्नी के पास से होता हुआ वह सीधे नल के नीचे चला गया और चुपचाप मिट्टी से हाथ धोने लगा। हाथ धोते-धोते सर उठाकर उसने देखा तो बिन्नी एकटक उसकी तरफ देख रही थी। गनीमत थी कि मुंशीजी का ध्यान अभी इस तरफ नहीं गया था। उसने घबराकर अपनी नजरें झुका लीं और काफी देर तक अनावश्यक रूप से हाथ और पैर पर पानी गिराता रहा। फिर नल बन्द करके सिर झुकाए वह अपने कमरे में घुस गया। थोड़ी देर में राजकुमारी शीशे के गिलास में चाय लाकर रख गई।

मेज पर पप्पू की एक पाठ्य-पुस्तक पड़ी थी। विनोद ने उसे उठा लिया। वह अनमने भाव से उसके पन्ने उलटता रहा और चाय पीता रहा। चाय खत्म हो गई तो उसने किताब भी बन्द कर दी। चाय पीकर वह अपनी चारपाई पर जाकर बैठ गया। उसकी चारपाई कमरे के एक कोने में दरवाजे के पास थी। दूसरे कोने में खिड़कियों के पास मुंशीजी की चारपाई थी। बीच में एक मेज थी जिस पर मुंशीजी का कोट, विनोद की बनियान और पप्पू की पाठ्य-पुस्तकों जैसी चीजें बेतरतीबी से पड़ी हुई थीं। एक तरफ दीवार पर कीलें गड़ी थीं जिन पर उसके और मुंशीजी के कपड़े टँगे थे। पूरे फर्श पर धूल की पर्त जमी हुई थी और दीवारों के कोने पर काफी घने जाले लटक रहे थे। पहले मुंशीजी को जिन चीजों का खब्त था उनमें सफाई भी एक थी। इसी सफाई पर न जाने कितनी बार माँ को डाँट सुननी पड़ती थी और विनोद और राजकुमारी की कुटम्मस होती थी। इस आदत का अब केवल एक अंश मुंशीजी में शेष रह गया था और वह था, सुबह उठते ही अपना बिस्तर लपेटकर रख देना। विनोद, राजकुमारी या पप्पू के मामले में वे कोई हस्तक्षेप नहीं करते थे। धूल की पर्त या जालों से भी उन्हें कोई परेशानी नहीं होती। इन सबके बीच वे चुपचाप लेटे रहते हैं। महीने-पन्द्रह दिन में कभी मन करता है तो खुद ही सफाई करने लगते हैं या राजकुमारी से कह देते हैं। कभी-कभी राजकुमारी खुद ही सफाई कर डालती है। आज विनोद का मन किया कि वह उठे और सारे जाले और धूल साफ कर डाले लेकिन बाहर बिन्नी बैठी थी और उसकी मौजूदगी में बाहर जाकर झाड़ू लगाने में उसे शर्म महसूस हुई। वह चुपचाप चारपाई पर लेटा रहा।

बाहर मुंशीजी बिन्नी से जाने के लिए कह रहे थे। आज पेंशन का दिन

था, अतः जल्दी ही खाना खाकर वे घर से निकल जाएँगे। मुंशीजी कपड़े पहनने इस कमरे की तरफ ही आ रहे थे इसलिए विनोद हड़बड़ाकर उठ बैठा और मुंशीजी के अन्दर घुसते ही वह बाहर निकल आया। रसोईघर में बिन्नी राजकुमारी से बात कर रही थी। वह चुपचाप बरामदे में खड़ा रहा। बिन्नी रसोई से बाहर निकली और उसे देखकर मुस्कुराई। एक फीकी सी मुस्कुराहट उसके चेहरे पर भी आई और वह दूसरी तरफ देखने लगा। बिन्नी चली गई। विनोद की समझ में नहीं आया कि क्या करे। उसके कमरे में मुंशीजी मौजूद थे इसलिए वह पप्पू और राजकुमारी के कमरे में घुस गया।

पप्पू और राजकुमारी सर्दियों में एक ही चारपाई पर सोते हैं क्योंकि उन दोनों के बीच में एक ही रजाई है। पप्पू की चारपाई खाली पड़ी थी। उस पर पप्पू के गन्दे कपड़े और कॉपियाँ-किताबें पड़ी हुई थीं। यह कमरा स्टोर का काम भी करता था इसलिए पूरे घर का अगड़म-बगड़म इकट्ठा था। फर्श पर धूल की एक पर्त जमा थी और दूसरे कमरे की तरह मकड़ी के जालों से हर कोना अटा पड़ा था। विनोद को राजकुमारी पर गुस्सा आया। जरा सा कमरा नहीं साफ रख सकती। दीवाल पर एक कैलेंडर टँगा था, जिस पर बनी गणेश और लक्ष्मी की तस्वीर धुँधला गई थी और नीचे तारीखोंवाले पन्ने फट चुके थे। यह कैलेंडर पिछले दो-तीन साल से वहीं टँगा था। राजकुमारी की चारपाई पर बेतरतीब सा बिस्तर बिछा हुआ था और रजाई आधी चारपाई पर और आधी जमीन पर लटक रही थी। विनोद ने पप्पू की चारपाई पर पड़े कपड़े एक तरफ सरकाए और किताबों का तकिया बनाकर लेट गया। उसकी समझ में नहीं आ रहा था कि किया क्या जाए। जब तक वह घर से बाहर नहीं निकल जाता, रोज इसी समस्या से उसे जूझना पड़ता है।

दिन में उसके पास सिर्फ एक ही कार्यक्रम है जो निश्चित है, और वह है एक ट्यूशन जिसके लिए उसे रोज चार बजे शाम को पहुँचना होता है। पहले वह दो ट्यूशन करता था लेकिन अब एक छूट गया है और सिर्फ एक रह गया है। जहाँ वह पढ़ाने जाता है वह जगह भी दूर नहीं है। ज्यादा-से-ज्यादा पन्द्रह मिनट पहुँचने में लगता है। अतः पौने चार से पहले का दिन काटना उसके लिए एक मुसीबत है। इसका एक ही हल उसके पास है—चुपचाप घर से निकल पड़ना और निरुद्देश्य घूमना। दिन का ज्यादा वक्त उसका सीताराम की दुकान पर बीतता था। उसके पुराने दोस्तों में से अब कोई भी खाली नहीं बचा था जिसके साथ वह आराम से घंटा-दो घंटा गप्प

लड़ा सकता। पिछले चार-पाँच सालों में सभी कहीं न कहीं व्यस्त हो गए थे। कुछ नौकरियाँ पा गए थे, कुछ ने छोटा-मोटा रोजगार शुरू कर दिया था और कुछ आगे पढ़ने में व्यस्त हो गए थे। उनमें से कोई मिलता भी तो विनोद नजरें बचाकर निकल भागने की कोशिश करता। दरअसल उसे उनसे मिलने में भी शर्म महसूस होती। इसी बीच मुहल्ले के तमाम लड़के बड़े हो गए थे लेकिन उनके साथ भी विनोद का कोई संवाद स्थापित नहीं हो पाता था। उसके परिचितों में अब सीताराम की दुकान पर नियमित रूप से देर तक बैठनेवाले कुछ लोग शरीक हो गए थे। इनमें से कुछ उसी की तरह बेरोजगार नौजवान थे, कुछ छोटे-मोटे अपराध करनेवाले मोहल्ले के शोहदे थे और कुछ केवल आती-जाती लड़कियों के चक्कर में बैठनेवाले नई उम्र के लड़के थे। लेकिन इनमें से किसी के साथ उसका बहुत घनिष्ठ सम्बन्ध नहीं बन पाया था। नौजवान लड़कों का एक छोटा झुंड वहाँ अक्सर दूसरे-तीसरे दिन इकट्ठा होकर राजनीति पर बहस करता था। उन्हें जोर-शोर से उत्तेजित ढंग से बात करते देखकर विनोद को मजा आता और वह दिलचस्पी से उनकी बातें सुनने की कोशिश करता। हालाँकि वे लड़के उसे पहचानने लगे थे और उसे देखकर मित्रता से मुस्कुराते भी थे लेकिन वह कभी भी उनकी बहस में शरीक नहीं हो पाता। दो-एक बार इन लड़कों की तलाश में पुलिस भी सीताराम की दुकान में आई थी। सीताराम ने कई बार उन्हें अपनी दुकान पर बैठने से मना भी कर दिया था लेकिन मुहल्ले में और कोई जगह थी नहीं जहाँ वे एक कप चाय पर इतनी देर तक स्वछन्द बहस कर सकें लिहाजा कुछ दिनों तक टूटे रहने के बाद क्रम फिर जुड़ जाता। एक बार यह क्रम कुछ ज्यादा दिन के लिए टूटा रह गया था जब इन लड़कों में से एक, एकाएक गायब हो गया था। बाद में सीताराम ने फुसफुसाते हुए बताया था कि वह कहीं देहात में पुलिस से मुठभेड़ में मारा गया। काफी दिनों तक इनमें से कोई लड़का मोहल्ले में नहीं दिखाई दिया। आजकल फिर वे लोग सीताराम की दुकान पर दिखाई देने लगे थे।

बगल के कमरे में कुछ खटपट सुनाई देने लगी। शायद मुंशीजी खाना खाने की तैयारी कर रहे हैं। विनोद की समझ में नहीं आ रहा था कि वह क्या करे। मुंशीजी चले जाएँ तो खाना खाकर बाहर निकले या बिना खाए ही निकल जाए और फिर दोपहर में आकर खाना खाए। अभी भूख भी नहीं थी। इसी उहापोह में वह कुछ देर खड़ा रहा। फिर चारपाई छोड़कर खड़ा हो गया लेकिन उसका पैंट तो बगलवाले कमरे में था जिसमें मुंशीजी खाना

खा रहे थे। वह फिर चारपाई पर लेट गया। लेटे-लेटे वह ऊँघने लगा और फिर पता नहीं कब सो गया।

करीब बारह बजे, दिन में राजकुमारी ने उसे जगाया। आँगन की धूप केवल दरवाजे तक सिमटकर रह गई थी। नल के आसपास का क्षेत्र धूप की परिधि के बाहर निकल गया था। लिहाजा उसने न नहाने का फैसला किया। राजकुमारी से उसने खाना परोसने को कहा और खुद नल के नीचे हाथ-मुँह धोने चला गया। जाड़े में दिन में सोने से उसका पूरा बदन टूट रहा था। हाथ-मुँह धोकर वह अपने कमरे में आया और चुपचाप खाने का इन्तजार करने लगा। राजकुमारी खाने की थाली लेकर आई और मेज पर पड़ी किताब-कॉपियाँ एक तरफ हटाकर, रख गई। विनोद को एकदम भूख नहीं थी, फिर भी उसे खाना तो खाना ही था। उसने चुपचाप खाना खाया और थाली उठाकर नल के नीचे रख दी। खाना खाते-खाते उसने फैसला कर लिया था कि जिस दुकान के लिए सबेरे सेल्समैन का विज्ञापन उसने पढ़ा था, उस तक हो आएगा। हो सकता है, अभी तक कोई उस विज्ञापन के उत्तर में वहाँ न पहुँचा हो और उसका पहले पहुँचना काम कर जाए। अगर मुंशीजी के चक्कर में पड़ा तो क्या पता कितनी देर हो जाए क्योंकि आजकल मुंशीजी से तो कई-कई दिन तक बात ही नहीं हो पाती है। हाथ धोकर वह कमरे में पहुँचा और उसने एक सादे कागज पर प्रार्थना-पत्र लिखा, फिर कपड़े बदलकर उसने प्रार्थना-पत्र पैंट की जेब में तह करके रखा और घर के बाहर निकल आया। विनोद सीधे उसी दुकान की तरफ जाना चाहता था लेकिन रास्ते में सीताराम की दुकान पर रुक गया। विज्ञापन में कोई निश्चित अवधि प्रार्थना-पत्र देने के लिए निर्धारित नहीं थी। अतः उसे घर पर जो शीघ्रता का भाव महसूस हो रहा था, वह मर गया। सबसे पहले या दूसरे नम्बर पर पहुँचकर क्या होगा। नौकरी देते समय मालिक निश्चित रूप से दूसरी बातों को मद्देनजर रखेगा। उसने अपने मन को दिलासा दिया कि शाम को उधर ही ट्यूशन पढ़ाने जाना है, लौटते समय देता आएगा। दरअसल वह शुरू से ही शर्मीला रहा है और पिछले कुछ दिनों से तो यह शर्मीलापन आत्मविश्वासहीनता से जुड़कर, उसे कुछ ज्यादा ही परेशानी में डालने लगा है। कई बार ऐसा हुआ कि वह जेब में प्रार्थना-पत्र डाले किसी दुकान या मकान के चारों तरफ घूमा है और फिर प्रार्थना-पत्र जेब में ही डाले चुपचाप वापस चला आया है।

दिन का वक्त होने के कारण सीताराम की दुकान पर नियमित बैठनेवालों

में से कोई नहीं दिखाई दे रहा था। वैसे भी दुकान कुछ ज्यादा खाली नजर आ रही थी। सीताराम एक किनारे पर बैठा ऊँघ रहा था। लड़का भी सबेरे से काम करते-करते थक गया लगता था। विनोद के मन में आया कि चलकर सीताराम के पास बैठकर बतियाए लेकिन फिर कुछ सोचकर रुक गया। पिछले दो महीनों से उसने सीताराम के पैसे नहीं चुकाए थे। हालाँकि उसे पता था कि सीताराम कुछ कहेगा नहीं, फिर भी उसे खुद झिझक लग रही थी। पिछले महीने उसका दूसरा ट्यूशन छूट गया था और जाड़े की तैयारी में उसने फुटपाथ पर तिब्बती से आधी बाँह का एक स्वेटर खरीद लिया था, इसलिए उसका हिसाब गड़बड़ हो गया था नहीं तो सीताराम का हिसाब हमेशा समय से चुका देता था। सीताराम भी इसे जानता है, इसी कारण किसी महीने में देर हो जाने पर कुछ कहता नहीं। पर उसके न कहने पर भी विनोद को उसका हिसाब बोझ लगता है। वह दुकान के भीतर न जाकर बाहर पड़ी एक बेंच पर बैठ गया। अखबार का एक पेज हवा से उड़कर जमीन पर गिर गया था, उसने उसे उठाकर पढ़ने की कोशिश की। जल्दी ही उसका ध्यान अखबार पर से उचट गया और वह सामने देखने लगा। उसकी गली और शंकर की दुकान सामने दिखाई दे रही थी। अचानक उसने देखा राजकुमारी गली से निकलकर शंकर की दुकान की तरफ जा रही थी। उसका मन शर्म और क्षोभ से भर गया। कुछ न कर पाने के एहसास से वह तिलमिलाने लगा। मोहल्ले में शंकर ही एक ऐसा प्राणी था जिससे विनोद सबसे ज्यादा चिढ़ता था। कई बार ऐसा बहुत हुआ है कि सीताराम की चाय की दुकान पर बैठे-बैठे उसने राजकुमारी को उसकी दुकान में सौदा लेने जाते देखा था। अगर कभी भी राजकुमारी को बाहर निकलने में देर होती तो वहाँ बैठे-बैठे उसके माथे की नसें तड़कने लगतीं। उसे लगता कि दुकान पर बैठा हर आदमी शंकर की दुकान की तरफ देख रहा है और राजकुमारी के अन्दर घुसने और बाहर निकलने के समय के अन्तर को अर्थपूर्ण ढंग से ले रहा है। उसे मुंशीजी पर गुस्सा आता कि आखिर क्यों राजकुमारी को सौदा लाने शंकर की दुकान पर भेजते हैं, उससे या पप्पू से क्यों नहीं कहते ? लेकिन यह गुस्सा क्षणिक आवेश की तरह दब जाता था क्योंकि उसे पता है कि शंकर उसे या पप्पू को उधार कभी नहीं देगा। शंकर का लड़का कार्तिकेय विनोद का सहपाठी रहा है लेकिन दोनों के बीच भी कोई खास सम्बन्ध नहीं रहा है और अब तो पिछले दिनों से दुआ-सलाम जैसा सम्बन्ध भी नहीं रहा। जिस तरह मुहल्ले के और सारे परिवार उसके चंगुल में थे, उसी तरह विनोद

का परिवार भी था। सभी लोग जानते-बूझते उससे लुट रहे थे। केवल एक बार वर्मा बाबू ने उसकी लूट का विरोध करने की कोशिश की थी। लेकिन शंकर और कार्तिकेय ने उन्हीं बुरी तरह जलील किया था। यहीं सीताराम की दुकान पर बैठे-बैठे उसने वह सब देखा था। वर्मा बाबू का लड़का उसका और कार्तिकेय का सहपाठी रह चुका था, इसलिए उससे उसे यह उम्मीद नहीं थी लेकिन वह तो अपने बाप से भी आगे बढ़कर, अपने कुर्ते की बाँहें चढ़ाकर उन्हें गालियाँ देता रहा। मोहल्ले के लड़के कई दिनों तक उम्मीद करते रहे कि वर्मा बाबू का लड़का शायद विश्वविद्यालय से कुछ लड़कों को लाकर इसका बदला ले, लेकिन कई दिनों तक कुछ नहीं हुआ तो वे निराश हो गए। अगर किसी दिन शंकर या कार्तिकेय मुंशीजी को दुकान से धकेलकर गाली देने लगे तो विनोद क्या करेगा ? इस प्रश्न से विनोद को हमेशा घबराहट होती है। उसने घबराकर इधर-उधर देखा, किसी ने उसके मन का प्रश्न समझा तो नहीं ? लोग चाय पीने या अखबार पढ़ने में व्यस्त थे। उसने आश्वस्त महसूस किया। ज्यादा आश्वस्ति उसे तब महसूस हुई जब उसने राजकुमारी को शंकर की दुकान से निकलकर घर की तरफ वापस जाते देखा।

इसी बीच में लड़का उसके सामने चाय का प्याला रख गया था। वह आँखों में खालीपन का भाव लिये चाय का प्याला देखता रहा फिर धीरे-धीरे चाय पीना शुरू कर दिया। चाय ठंडी और बेस्वाद थी। पता नहीं ऐसा उसे लग रहा था या काफी देर से रखे रहने के कारण चाय सचमुच ऐसी हो गई थी। वह चुपचाप चाय पीता रहा। चाय जल्दी ही खत्म हो गई। अभी उसके पास करीब तीन घंटे बचे थे। तीन घंटे वह आराम से सीताराम की दुकान पर बिता सकता था, लेकिन दुकान पर सभी अपरिचित चेहरे थे और दिन में सोने से उसके चेहरे पर ऊब और उदासी की स्पष्ट पर्त झलक रही थी। वह दुकान से निरुद्देश्य उठ खड़ा हुआ। सीताराम की दुकान के ठीक सामने पार्क था। जहाँ जाड़े की धूप सेंकने को मोहल्ले के कुछ रिटायर्ड लोग और कुछ लड़के इधर-उधर बैठे थे। वह भी थोड़ी देर पार्क में बैठेगा। पार्क की रेलिंग से लगकर वह खड़ा हो गया। अचानक पार्क में बैठने का इरादा उसने बदल दिया। सामनेवाले कोने में पप्पू लेटा हुआ था। उसके इर्द-गिर्द कुछ बड़ी उम्र के लड़के बैठे हुए ताश खेल रहे थे। लगता है, पप्पू ताश खेलते-खेलते सो गया था। उसके साथवाले उससे उम्र में इतने बड़े लग रहे थे कि पप्पू उनके साथ इस समय काफी असहज-सा लग रहा था। विनोद ने गौर से उन लड़कों को देखा। उनमें से किसी का नाम वह नहीं जानता

था लेकिन अकसर उनके चेहरे मोहल्ले में दिखाई देते हैं। जरूर वे मोहल्ले के या आसपास के ही होंगे। किसी का चेहरा विनोद को अच्छा नहीं लगा। लेटे हुए पप्पू ने सीधी आँखों में पड़ रही किरणों से बचने के लिए अपनी बाँहें आँखों पर रख ली थीं, इससे उसका चेहरा छुप गया था। विनोद को उस पर तरस आया। पता नहीं अब तक उसने खाना खाया है या नहीं ? उसने सोचा पप्पू को उठाकर खाने के लिए घर भेज दे। इसी बीच पप्पू के बदन ने हल्की सी हरकत की। विनोद को लगा कि वह हाथ आँखों पर से हटाकर उठना चाहता है। हड़बड़ाकर वह रेलिंग पर से हट गया और फिर सीताराम की दुकान की तरफ बढ़ गया।

सीताराम की दुकान पर उसने फिर से एक कप चाय का ऑर्डर दिया। चाय पी और उठ खड़ा हुआ। ट्यूशन पढ़ाने उसे जिस जगह जाना था उसी के पास वह दुकान थी, जहाँ उसे दरख्वास्त देनी थी। उसने जेब में हाथ डालकर दरख्वास्त की मौजूदगी महसूस की और चल पड़ा। दुकान ज्यादा दूर नहीं थी, वह जल्दी ही वहाँ पहुँच गया। दुकान जनरल मर्चेंट की थी। काफी बड़ी थी और दिन होने की वजह से इस समय खाली थी। काउंटर पर एक सुदर्शन-सा युवक काफी नफीस कपड़ों में बैठा कुछ लिख रहा था। विनोद ने अन्दाज लगाया कि यही मालिक होगा। ऐसे मौकों पर जैसी झिझक का शिकार विनोद हो जाता था, वही फिर उस पर हावी हो गई। उसने इस दुकान के सामने पान की दुकान पर खड़े होकर पान खाया, वहाँ थोड़ी देर तक खड़े-खड़े दुकान के अन्दर का मुआयना किया; उसके आसपास दो-चार चक्कर लगाए, एक बार सीढ़ियों पर चढ़ भी गया लेकिन जल्दी ही उसे अहसास हो गया कि उसके निरुद्देश्य घूमने से पानवाले और दो-चार लोगों का ध्यान उसकी तरफ आकर्षित होने लगा है। प्रार्थना पत्र तो वह डाक से भी भेज सकता है, उसने सोचा और आगे बढ़ गया।

अभी सिर्फ दो बज रहे थे और अभी से ट्यूशन के लिए पहुँचना ठीक नहीं होगा इसलिए उसने वापस लौटने का फैसला किया लेकिन फिर उसने इरादा बदल दिया और वहीं चला गया। बच्चे कहीं बाहर खेल रहे थे। उसके पहुँचने पर उन्हें बुलाया गया। बेमन से वह उन्हें पढ़ाता रहा। आजकल उसके पास सिर्फ एक यही ट्यूशन था, जिसमें वह दो बच्चों को एक घंटे पढ़ाता था। पहले उसके पास दो से तीन तक ट्यूशन हुआ करते थे। बिना मुंशीजी को बताए, वह पिछले कई सालों से ट्यूशन कर रहा था। शुरू-शुरू में उसने अपनी छोटी-मोटी जरूरतों को पूरा करने के लिए ट्यूशन करना शुरू किया

था। बाद में अपने कपड़े-लत्ते से लेकर लगभग सारी चीजें वह इसी तरह पूरा करने लगा था। उसे पता था कि मुंशीजी को उसके ट्यूशनों के बारे में पता है लेकिन बाप-बेटे में इस बात को लेकर कभी बात नहीं हुई।

ट्यूशन खत्म करके वह निरुद्देश्य घूमता-घामता फिर सीताराम की दुकान पर बैठा रहा। वहाँ उसे कुछ ऐसे सहपाठी मिल गए जिनसे वह बरसों बाद मिल रहा था। उनके साथ बातचीत का सिलसिला शुरू हुआ तो पता ही नहीं चला कि कब अँधेरा हो गया। जाड़े में वैसे अँधेरा कुछ जल्दी हो जाता है। विनोद उस समय बुरी तरह चौंका जब यकायक मुंशीजी ने आकर उसे पुकारा। वे सड़क के दूसरी तरफ खड़े थे। हड़बड़ाता हुआ विनोद उधर को लपका। इसके बाद मुंशीजी और त्रिवेणी के साथ बिताए गए चन्द घंटों ने उसे पूरी तरह से झकझोर डाला था और कई घंटों बाद जब एक बार फिर वह वापस सीताराम की दुकान पर आया तभी वह इस लायक हो सका था कि शान्तचित्त होकर एक बार फिर से पूरे घटनाक्रम का पुनर्निर्माण कर सके।

त्रिवेणी को गली के मोड़ पर छोड़कर विनोद जब वापस लौटा तो बला की सर्दी पड़ रही थी। उसने मफलर से अपने कान ढक लिए थे और दोनों हाथ पैंट की जेब में डालकर सर्दी का मुकाबला करने का असफल प्रयास कर रहा था। सर्दी उनकी सूती कमीज और आधे बाँह के स्वेटर से छनकर उसकी छाती तक पहुँच रही थी और उसकी हड्डियों को बेधती हुई पोर-पोर में समाती जा रही थी।

इस साल का दिसम्बर इतना सर्द क्यों है ? उसने सोचा। सामने सीताराम की दुकान कुछ दूरी पर खुली दिखाई दे रही थी। भट्ठी के पास खड़ा लड़का अपने ठंडे हाथों को भट्ठी पर सेंककर गरमाने का प्रयास कर रहा था। विनोद ने अचानक अपना फैसला बदला और दुकान की तरफ बढ़ चला। अभी घर जाकर करेगा भी क्या ? आज नींद तो आएगी नहीं। शाम से घटनाक्रम कुछ इतनी तेजी से घटित हुआ था कि उसे सोचने का कुछ मौका ही नहीं मिला। अब जब थकान और ठंड ने उसकी सोचने की शक्ति को पूरी तरह से कुन्द कर डाला था, सीताराम की दुकान पर भट्ठी के नजदीक सटकर बैठने और गर्म चाय पीने से हो सकता है कि वह फिर से सन्तुलित ढंग से सोचने लायक हो सके और अपने फैसले पर एक बार फिर से पुनर्विचार कर सके। हालाँकि वह जानता है कि मुंशीजी के सामने 'नहीं' कहने भर का साहस उसमें नहीं है। मुंशीजी क्या खुद के सामने भी नहीं कहने का साहस उसके पास कहाँ बचा है। फिर भी एक बार निश्चिन्त होकर कहीं

बैठने और शाम से रात तक के घटनाक्रम पर सोचने में हर्ज ही क्या है।

दुकान पर कोई ग्राहक नहीं था। सीताराम अन्दर कुर्सी पर बैठा रेजगारियाँ गिन रहा था। भट्ठी लगभग बुझ गई थी लेकिन अभी भी उसमें कुछ आँच बाकी थी। लड़का बचे-खुचे बर्तन धोकर उसी आँच से अपने हाथ गर्माने की कोशिश कर रहा था। विनोद को देखकर सीताराम आत्मीय ढंग से मुस्कुराया। दरअसल विनोद के दिन का इतना बड़ा हिस्सा इस दुकान पर बीतता है कि वह सीताराम के लिए एक ग्राहक से ज्यादा की हैसियत रखता है। लड़के ने बुझे मन से पैन में चाय का पानी चढ़ा दिया। उसका गिरा चेहरा देखकर एक बार विनोद का मन हुआ कि वह उसे मना कर दे और थोड़ी देर आग तापकर वापस लौट जाए लेकिन ठंड में गर्मागर्म चाय पीने का मोह ज्यादा प्रबल निकला और वह चुपचाप लड़के को चाय का पानी चढ़ाते देखता रहा। उसने अन्दर से एक कुर्सी ली और भट्ठी के पास खींचकर बैठ गया। भट्ठी में काफी कमजोर आँच थी और पैन द्वारा तीन-चौथाई जगह घेर लेने के बाद तो और कम जगह बची थी, जहाँ से विनोद को थोड़ी-बहुत गर्मी मिल सकती थी लेकिन इसके बावजूद विनोद को भट्ठी से सटकर बैठने में सुख मिला। उसने अपने हाथ भट्ठी से एकदम सटा दिए। दुकान के खुले पल्लों से साँय-साँय करती हवा अन्दर आ रही थी। विनोद ने इशारा किया और लड़के ने दोनों पल्ले भेड़ दिए। अब किसी और ग्राहक के आने की उम्मीद नहीं थी इसलिए सीताराम ने एक बार रेजगारी के ढेर से सिर उठाकर देखा और फिर उन्हें गिनने में मशगूल हो गया। दरवाजे बन्द हो जाने से दुकान के अन्दर कुछ गर्माहट आ गई थी। अन्दर बेतरतीबी से मेजें और कुर्सियाँ पड़ी थीं। दिन-भर एक हाथ से दूसरे हाथ तक जानेवाला अखबार चिथड़े की शक्ल अख्तियार कर चुका था। विनोद ने लड़के से अखबार मँगाया और एक बार फिर से उसे उलट-पुलट कर पढ़ने की कोशिश करने लगा। इस अखबार को वह दिन में कई बार पढ़ चुका था। इस समय उसकी आँखें खबरों पर रेंग रही थीं लेकिन दिमाग कहीं और था।

आज शाम को इसी दुकान से मुंशीजी उसे पकड़कर ले गए थे। जिस समय उन्होंने विनोद को यहाँ ढूँढ़ निकाला, उनके चेहरे पर झल्लाहट के भाव एकदम स्पष्ट थे। जाहिर था कि वे काफी देर से उसे ढूँढ़ रहे हैं। और उसके चक्कर में उन्हें काफी परेशान होना पड़ा है। मुंशीजी को विनोद के इस अड्डे का पता नहीं था जो पिछले कई महीनों से उसके बैठने की मुख्य जगह थी। पिछले कुछ सालों में मुंशीजी विनोद के बारे में जानते भी कितना हैं ? उनका

शाम को इस तरह उसे ढूँढ़ते हुए आ निकलना विनोद के लिए काफी अप्रत्याशित था। जरूर कोई खास बात होगी। उसके दिमाग में अनिष्ट की आशंका कौंधी और वह चुपचाप उठकर उनके साथ हो लिया। थोड़ा आगे निकल आने पर, अपनी आवाज की कड़ुआहट को बिना छिपाए मुंशीजी ने बताया कि त्रिवेणी से मिलने उसके घर चलना है। इसके बाद विनोद को और कुछ जानने की जरूरत ही नहीं पड़ी। यह वही पुराना अपमान और तकलीफ से भरा चक्कर था जिसने विनोद को बुरी तरह से तोड़ डाला था। हालाँकि त्रिवेणी के साथ अभी तक कहीं जाने का मौका नहीं आया था लेकिन मुंशीजी के कई पुराने शिष्यों और साथ टहलनेवाले बाबुओं के साथ, न जाने कितनी बार वह इसी चक्कर में कितने दफ्तरों और बँगलों का चक्कर लगा चुका है। हर बार मोहभंग के एक ही जैसे यातनाजनक दौर से होकर गुजरना पड़ा था। शुरू-शुरू में तो इस तरह के अभियान की शुरुआत रोमांच और उत्तेजना से भरपूर होती थी। मुंशीजी उसे एकाध दिन पहले ही बता देते थे। फिर शुरू होता तैयारी का उत्तेजक दौर। रात-रात भर जागकर, वह दूसरे दिन किसी इंटरव्यू-बोर्ड या आला साहब द्वारा पूछे जानेवाले काल्पनिक सवालों के उत्तर सोचता। मुंशीजी की अनुपस्थिति में शीशे को दीवार पर कील से टाँगकर उत्तरों को बोलने का अभ्यास करता। मुस्कुराने, सिर हिलाने या कन्धे उचकाने की जगहें निर्धारित करता। दूसरे दिन के लिए पैंट-कमीज धोता और राजकुमारी के हाथों बिन्नी के यहाँ प्रेस के लिए भेजता। चलते समय मुंशीजी की नजरें बचाकर रास्ते-भर पान की दूकानों पर लगे शीशों में अपना चेहरा निहारता चलता। लौटते समय आशा-निराशा की मिश्रित भावना हृदय में होती। कई दिनों तक वह और मुंशीजी परिणाम की प्रतीक्षा करते रहते। उत्सुक मुंशीजी कभी उसे लेकर और कभी अकेले उस दफ्तर या बँगले का कई चक्कर लगा आते। कहीं बड़े स्पष्ट शब्दों में बता दिया जाता कि जिस नौकरी के लिए विनोद ने इंटरव्यू दिया है, वह किसी और को मिल गई है और कहीं थोड़ा घुमा-फिराकर यही बात बताई जाती। कहीं-कहीं तो ऐसा हुआ कि कुछ भी स्पष्ट नहीं बताया गया और महीनों दौड़ना पड़ा।

धीरे-धीरे सब कुछ यन्त्रवत हो गया। किसी दफ्तर या बँगले तक जाने की सूचना को विनोद बिना किसी अतिरिक्त दिलचस्पी के लेने लगा। हालाँकि मुंशीजी अब भी अपना उत्साह छिपा नहीं पाते। लेकिन विनोद को अब ज्यादा उत्तेजना नहीं होती। पिछले अनुभवों ने उसे अब अधिक चतुर बना दिया है। इंटरव्यू के दौरान पूछे गए प्रश्नों एवं अपने द्वारा दिए गए उत्तरों को

मुंशीजी को बताने में अब उसे कोई मजा नहीं आता। बार-बार मुंशीजी पूछते हैं तो हाँ-हूँ करके टाल जाता है। बहुत हुआ तो एकाध प्रश्न बता देता है। उसकी तटस्थता देखकर मुंशीजी पहले की तरह उसके उत्तरों पर झुँझलाते नहीं और न ही अपनी तरफ से उनमें संशोधन करते हैं।

आज शाम को जब मुंशीजी उसे लेकर त्रिवेणी के घर के लिए चले, उनके मन में कोई भाव नहीं था। वह चुपचाप उनके साथ घिसटता चला गया था। त्रिवेणी घर पर मिल गया, वह उन्हीं लोगों का इन्तजार कर रहा था। वे निर्धारित समय से देर में पहुँचे थे और साहब शाम को क्लब चला जाता था। लिहाजा बिना समय गँवाए वे उसके बँगले के लिए रवाना हो गए। बँगले से थोड़ा पहले उन्होंने रिक्शा छोड़ दिया। मुंशीजी ने त्रिवेणी को पैसा नहीं देने दिया, खुद ही रिक्शेवाले को पैसे देने लगे। पैसे देते समय अतिरिक्त लापरवाही का भाव चेहरे पर लिये मुंशीजी विनोद को काफी दयनीय लगे। उसे पता है कि आज मुंशीजी पेंशन लेकर लौटे होंगे फिर भी उनके लिए रिक्शेवाले को डेढ़ रुपया देना कितना मायने रखता है, इसे त्रिवेणी भले न जानता हो लेकिन विनोद को तो पता है ही। हालाँकि उसकी जेब में भी ट्यूशन से मिले कुछ पैसे थे लेकिन बाप-बेटे के बीच झिझक की जो दीवार खड़ी थी, उसने विनोद को जेब में हाथ डालने से रोक दिया। फाटक के बाहर एक जीप खड़ी थी। इसका मतलब साहब बँगले के अन्दर मौजूद था। बरामदे में एक चपरासी खड़ा था। त्रिवेणी ने उन दोनों को फाटक के बाहर खड़ा कर दिया और खुद अन्दर जाकर चपरासी से कुछ बातें कीं। चपरासी अन्दर चला गया और त्रिवेणी ने हाथ के इशारे से उन्हें भी अन्दर आने के लिए कहा। वे भी अन्दर चले गए। लॉन में वे खड़े होकर चपरासी के बाहर आने का इन्तजार करने लगे। इस बीच त्रिवेणी मुंशीजी को साहब के बारे में बताता रहा। विनोद मानसिक रूप से पूरी तरह अनुपस्थित था। त्रिवेणी के मुँह से निकले हुए वाक्यों से उसकी जानकारी में महज इतनी वृद्धि हुई कि साहब बहुत शरीफ आदमी है और त्रिवेणी को बहुत मानता है। उनका काम हो जाएगा, इसमें कोई सन्देह नहीं है। मुंशीजी उत्सुकता से त्रिवेणी की बातें सुन रहे थे। उन्होंने भी इस साहब की शराफत के बारे में लोगों से सुना है, जिसे वे त्रिवेणी के वाक्यों के बीच-बीच में उद्धृत करते जा रहे थे। उन्हें ज्यादा देर बाहर इन्तजार नहीं करना पड़ा। साहब बैडमिंटन का बल्ला लिये बाहर निकला और एक उड़ती नजर लॉन पर डालते हुए फाटक की तरफ बढ़ा।

त्रिवेणी तेजी से उसके पीछे-पीछे लपका। मुंशीजी और विनोद वहीं लान में ही खड़े रहे। साहब के जीप पर बैठते-बैठते त्रिवेणी उसके पास पहुँच गया। दोनों थोड़ी देर तक बातें करते रहे। त्रिवेणी ने एकाध बार लॉन की तरफ हाथ उठाकर कुछ इशारा किया जिससे यह लगता था कि बातें उनके बारे में हो रही हैं। मुंशीजी और विनोद खामोशी से फाटक की तरफ देख रहे थे। विनोद पूरी तरह से तटस्थ था और मुंशीजी जरूरत से ज्यादा विह्वल। पता नहीं क्यों विनोद को आज का घटनाक्रम, पहले दुहराए गए नाटकों से कुछ भी भिन्न नहीं लग रहा था और पता नहीं क्यों मुंशीजी को आज पहले के किसी भी प्रयास से ज्यादा आश्वस्ति महसूस हो रही थी। साहब की त्रिवेणी से बातचीत कुछ ज्यादा लम्बी खिंच रही थी। दूर से विनोद को साहब के चेहरे पर साफ-साफ ऊब और जल्दी छुटकारा न मिल पाने की परेशानी का भाव दिखाई दे रहा था। वह दो-तीन बार ड्राइवर को चलने का इशारा कर चुका था लेकिन हर बार त्रिवेणी आजिजी से ड्राइवर की तरफ रुकने का इशारा करता और कुछ और कहने लगता। अन्त में झल्लाकर साहब ने त्रिवेणी से कुछ कहा और ड्राइवर को चलने का इशारा कर दिया। जीप चली गई। त्रिवेणी वापस लॉन की तरफ मुड़ गया।

विनोद ने निर्विकार भाव से एक नजर मुंशीजी पर डाली। उनका चेहरा लटक गया था और निराशा की कालिख उस पर स्पष्ट रूप से पुती दिखाई दे रही थी। विनोद को उनकी निरीहता पर तरस आया। त्रिवेणी जिन कदमों से उनकी तरफ आ रहा था उससे कोई निर्णय कर पाना मुश्किल था लेकिन साहब ने जिस ढंग से ड्राइवर को चलने का आदेश दिया था, उससे बाप-बेटे के मन में किसी तरह की कोई आशा नहीं जगी थी।

'विनोद मास्साहब के पैर छुओ !'

त्रिवेणी के इस वाक्य ने मुंशीजी और विनोद दोनों को गड़बड़ा दिया। इस वाक्य का अर्थ सबसे पहले मुंशीजी की समझ में आया और अचानक उन्होंने ऐसा काम कर डाला जिसकी आशा त्रिवेणी और विनोद दोनों में से किसी को नहीं थी। एकाएक आगे बढ़कर उन्होंने त्रिवेणी को बाँहों में भर लिया। त्रिवेणी इसके लिए पूरी तरह से अप्रस्तुत था, अतः असहज हो उठा। विनोद पिछले कई सालों से मुंशीजी को जिस रूप से देखता आ रहा था, उससे यह रूप सर्वथा भिन्न था। खासतौर से इस विचार से कि कहीं उसी उत्साह में मुंशीजी उसे भी बाँहों में न भर लें या कहीं त्रिवेणी फिर से उसे मुंशीजी के पैर छूने को न कहे; वह कुछ कदम परे हटकर खड़ा हो गया। इन दोनों

स्थितियों को वह सहज रूप में लेने में असमर्थ था। मुंशीजी की बाँहों में जाने का विचार ही कुछ इतना मनोरंजक था कि उनकी बाँहों में जाते-जाते या तो वह हँस पड़ेगा या फिर शायद रोने लगे। पैर छूने की बात भी कुछ अजीब सी लग रही थी। पहले माँ थी तो हर त्योहार पर या किसी क्लास में पास होने जैसे मौके पर विनोद से मुंशीजी के पैर छुआती थी। विनोद को इसमें मजा आता था क्योंकि मुंशीजी उसे आशीर्वाद देने के साथ-साथ कुछ पैसे भी देते थे पर वर्षों बाद मुंशीजी के पैर छूने का खयाल ही उसे कुछ अटपटा लग रहा था। कहीं त्रिवेणी फिर से अपनी बात दुहरा न दे ! लेकिन त्रिवेणी मुंशीजी की पकड़ से छूटकर खुद ही इतना अटपटा महसूस कर रहा था कि थोड़ी देर तक तो वह समझ ही नहीं पाया कि क्या करे। उस घबराहट में उसे सिर्फ एक ही बात सूझी कि वह आगे बढ़कर विनोद से हाथ मिलाए और उसे मुबारकबाद दे। उसने यही किया भी। उसके मुबारकबाद से विनोद को लगा कि कोई ऐसी चीज हो गई है जिसका होना उसके लिए कितना मायने रखता है, इसे केवल वही जानता है। एकबारगी उसके मन में राजकुमारी, पप्पू, बिन्नी और न जाने क्या-क्या कौंध गए। इतनी बड़ी खुशी इतने अप्रत्याशित ढंग से मिली थी कि अपने मन को खुश करने में भी उसे कुछ वक्त लगा। उसने मुंशीजी की तरफ देखा। हल्की-हल्की खिचड़ी दाढ़ी और धँसे गालोंवाले उस चेहरे का रोम-रोम खुश था। विनोद ने अपने स्वर की छलकती खुशी को सप्रयास दबाते हुए त्रिवेणी को औपचारिक धन्यवाद दिया। फिर तीनों धीरे-धीरे चलते हुए गेट के बाहर निकल आए।

विनोद त्रिवेणी से नौकरी के बारे में खुलासा करना चाहता था लेकिन मुंशीजी की उपस्थिति उसे कुछ भी पूछने से रोक रही थी। वह अधैर्य से मुंशीजी द्वारा इस बारे में पूछने की प्रतीक्षा करने लगा। मुंशीजी के लिए नौकरी का विचार इतना सुखद था कि वे बिना कुछ पूछे सिर्फ भावविह्वल स्वर में त्रिवेणी को धन्यवाद दिए जा रहे थे। बाहर कोई रिक्शा नहीं दिखाई दे रहा था। वे रिक्शे की तलाश में कॉलोनी के बाहर मुख्य सड़क की तरफ बढ़ चले। अचानक मुंशीजी को कुछ याद आया और उन्होंने त्रिवेणी से नौकरी के चरित्र के बारे में पूछा। सतर्क होकर विनोद ने त्रिवेणी की तरफ देखा। उसे कुछ अजीब सा लगा कि इस सवाल पर उससे ज्यादा त्रिवेणी परेशान नजर आया।

'बात ऐसी है मास्साब कि आप तो जानते ही हैं कि आजकल कितना लफड़ा है नौकरी मिलने में। दफ्तर में एक क्लर्क की जगह खाली थी, मैं सोच रहा था कि विनोद को वही जगह देने के लिए साहब को तैयार कर

लूँगा। पहले एडहाक हो जाता बाद में फिर रेगुलराइज करा लेते। लेकिन हम लोगों को कुछ देर हो गई। साहब बता रहे थे कि कल ही कोई लड़का चीफ साहब का खत लेकर आ गया था। इसीलिए तो मैं इतनी देर तक साहब से बहस करता रहा। अन्त में साहब नईवाली साइट पर कुछ काम देने को तैयार हो गया है। वहाँ के लिए कुछ टेम्पोरेरी मेट भरती होनेवाले हैं। उन्हीं में शायद कोई जगह विनोद को मिल जाए। शायद क्या, पक्का ही समझिए। साहब ने पक्का वादा कर लिया है, कल दफ्तर भी बुलाया है, कहकर त्रिवेणी ने बाप-बेटे की प्रतिक्रिया भाँपने की कोशिश की।

त्रिवेणी को मुंशीजी और विनोद किसी की भी प्रतिक्रिया फौरन नहीं मिली। एक खास तरह का ठंडापन था जो उन तीनों के बीच में पसर गया था। पहली बार विनोद को महसूस हुआ कि उनके बँगले के बाहर निकलने के बाद अँधेरा और घना हो गया था और दिसम्बर की सर्द हवा काफी तीखे ढंग से बह रही थी। उसने गले के चारों तरफ लपेटा हुआ मफलर अपने कानों पर लपेट लिया लेकिन फिर भी सर्दी उसके आधी बाँह के स्वेटर, हवाई चप्पलों, सूती कमीज और न जानें किस-किस तरफ से उसके बदन को बेध रही थी। दिसम्बर की सर्दी अपनी पूरी भयावहता के साथ आक्रामक हो गई थी। इस साल का दिसम्बर इतना सर्द क्यों है, उसने सोचा।

अँधेरे में विनोद को मुंशीजी के गला खखारने की आवाज सुनाई दी। शायद वे कुछ कहना चाहते थे। त्रिवेणी और विनोद दोनों उनकी प्रतिक्रिया सुनने को तैयार हो गए लेकिन वे कुछ नहीं बोले। त्रिवेणी ने कुछ और आश्वस्त करनेवाले अन्दाज से कहा, 'नईवाली साइट के पास ही मेरा भी काम चल रहा है। मैं रोज सवेरे अपनी मोटरसाइकिल पर विनोद को भी लेता जाऊँगा और शाम को मेरे साथ यह लौट भी आएगा और फिर एक बार डिपार्टमेंट में घुस जाने पर किसी परमानेंट क्लर्क की जगह मिल सकती है, रोज तमाम वैकेंसीज होती रहती हैं।'

'ठीक है भैया, अब तुम्हीं सँभालना, अब तो तुम्हारे महकमे में यह घुस ही रहा है।' मुंशीजी को शायद ज्यादा आश्वस्त करने की जरूरत नहीं थी। अब वे एक ऐसे बिन्दु पर पहुँच चुके थे जहाँ विनोद का इतनी भागदौड़ के बाद मेठ होना भी कम महत्त्वपूर्ण नहीं था।

विनोद खामोशी के साथ दोनों को बात करते सुन रहा था। मुख्य सड़क पर भी कोई रिक्शा नहीं था। वे लोग सड़क के किनारे खड़े होकर रिक्शे का इन्तजार करने लगे। विनोद को अपने अन्दर खालीपन का एहसास हो

रहा था। उसे समझ में नहीं आ रहा था कि वह खुश था या दुखी। त्रिवेणी के मुँह से पहली बार सुनने पर उतावली में जो पहली प्रतिक्रिया उसके मन मे उभरी थी, वह थी एकदम से इनकार कर देने की, लेकिन मुंशीजी की उपस्थिति ने उसे ऐसा करने से रोक दिया। अगर केवल वह और त्रिवेणी होते तो शायद वह छूटते ही मना कर देता। अब जब कि लगभग दस मिनट उस खबर को सुने बीत चुके थे, उसे लग रहा था कि मना न करके उसने अच्छा ही किया। मना करने की हैसियत कहाँ बची थी उसकी। अगर घर को पूरी तरह से टूटने या बिखरने से बचाना था तो एक ही रास्ता था कि वह चुपचाप नौकरी करने लगे। वह सिर्फ बी.ए. पास था और मुंशीजी उसके बाप थे। इस अहसास ने कभी भी उसे बहुत ऊँचे सपने नहीं देखने दिए। उसने ज्यादा-से-ज्यादा प्राइमरी स्कूल की अध्यापकी, किसी दफ्तर में क्लर्की या बहुत हुआ तो किसी विभाग में सुपरवायजरी या इंस्पेक्टरी जैसी किसी नौकरी की तमन्ना की थी। लेकिन मेठ की नौकरी ने तो उसे कोई भी अनुभूति नहीं जगाई थी। जब से उसने नौकरी की तलाश शुरू की, उसने अपने घर के दरवाजे पर अपने नाम और पद का एक बोर्ड लगाने का एक सपना सँजोया था। यह बोर्ड उसे एक व्यक्तित्व प्रदान करेगा, मुंशीजी से अलग और स्वतन्त्र। बहुत पहले जब मुंशीजी इस मोहल्ले में आए थे और उन्होंने यह मकान किराए पर लिया था तो बाहर दरवाजे पर उन्होंने एक तख्ती लटकाई थी जिस पर लिखा था—रामानुज लाल श्रीवास्तव, प्रधानाध्यापक। एक पंक्ति के इस बोर्ड पर मुंशीजी ने प्रधानाध्यापक के बाद विद्यालय का नाम नहीं लिखाया था। रिटायर होने के बाद भी यह बोर्ड काफी दिनों तक बिना किसी संशोधन के लटकता रहा। बाद में तो इसकी लकड़ी बुरी तरह से घुन गई थी और लिखावट इतनी धुँधली हो गई थी कि इसे पढ़ने के लिए किसी भी आदमी को बहुत करीब आना पड़ता। दो-तीन साल पहले, होली पर मोहल्ले के शरारती लड़कों ने उसे उखाड़कर होलिका में जला दिया। उस बोर्ड की जगह अपना बोर्ड लगाने का सपना विनोद ने देखा था। खड़े-खड़े उसने कल्पना की कि कल से उसके दरवाजे पर एक नया बोर्ड लग जाएगा।

विनोद कुमार श्रीवास्तव
बी.ए.
मेट, पी.डब्ल्यू.डी.

उसे हँसी आ गई। लेकिन हँसते ही उसने घबराकर मुंशीजी और त्रिवेणी की तरफ देखा। शायद अँधेरे के कारण या वे दोनों अपने में खोए हुए थे

कि दोनों ने उसे हँसते नहीं देखा। अच्छा हुआ, नहीं तो त्रिवेणी जरूर यही समझता कि वह रो रहा है। मुंशीजी तो खैर ऐसी हँसी के आदी हैं।

एक खाली रिक्शा आ गया था। वे तीनों उस पर बैठ गए। रिक्शे पर उन तीनों के सिवाय एक अनचाहा मौन लदा था, जिसे चाहकर भी तीनों में से कोई नहीं तोड़ पा रहा था। रिक्शे पर बैठते समय मुंशीजी नें त्रिवेणी को अपने घर चलकर खाने का निमन्त्रण दे दिया था और त्रिवेणी ने इस असह्य मौन से छुटकारा पाने की इच्छा के बावजूद स्वीकार भी कर लिया था। रिक्शा धीरे-धीरे रेंग रहा था। आज की घटना के बारे में विनोद किसी से खुलकर बातें करना चाहता था। बातें करने से शायद मन हल्का हो जाए और कल वह ज्यादा खुले मन से नए काम पर जा सके। लेकिन बातें करेगा किससे ? मुंशीजी से ? रिक्शे पर बगल में बैठे मुंशीजी इतने अजनबी, इतने दूर और इतने पराए लग रहे थे कि उनसे बात करने की कोशिश भी हास्यास्पद लगती थी। फिर राजकुमार या पप्पू से ? पप्पू तो इतना छोटा था कि उससे क्या बात होती और राजकुमारी पिछले सालों में इतनी निःसंग और ठंडी हो गई थी कि अब पहले की तरह उससे बात करना भी कहाँ सम्भव रह गया था। केवल बिन्नी ही ऐसी है जिससे वह इस विषय में खुलकर बातें कर सकता है। काश ! आज रात बिन्नी छत पर आ जाती—उसने शिद्दत के साथ कामना की।

घर के पास पहुँचने के पहले ही मुंशीजी रिक्शे से उतर गए। त्रिवेणी ने अचकचाकर पूछा, 'क्या हुआ मास्साब, अभी तो घर थोड़ी दूर है।'

'हाँ, तुम लोग चलो, मैं बस अभी आता हूँ।'

रिक्शा चलते ही सहसा मुंशीजी को कुछ याद आया और उन्होंने रिक्शेवाले को रुकने का इशारा किया। त्रिवेणी के बार-बार मना करने के बावजूद, उन्होंने जेब से पैसे निकालकर दो-तीन बार गिने और रिक्शेवाले को दे दिए, फिर उसे आगे बढ़ने का इशारा किया। मुंशीजी को छोड़कर वे दोनों आगे बढ़े। विनोद समझ गया था कि मुंशीजी ने त्रिवेणी को खाने के लिए निमन्त्रित किया है, इसलिए वे उसके लिए कुछ लेने रास्ते में रुक गए हैं।

विनोद की तन्द्रा सीताराम की आवाज पर टूटी। सीताराम ने पैसे गिनते-गिनते शायद दो-तीन बार उसे आवाज लगाई थी क्योंकि यह आवाज अस्वाभाविक रूप से कुछ तेज थी।

'क्या हुआ विनोद बाबू, क्या सोचने लगे। चाय तो अब ठंडी भी हो

गई होगी।'

विनोद ने फीकी मुस्कान के साथ देखा। सचमुच चाय ठंडी हो गई थी। भट्ठी पर आग तापते हुए लड़के ने आँखों में क्षोभ भरकर उसे देखा। दोबारा चाय गर्म करने का विचार मात्र उसे अप्रिय लग रहा था। विनोद समझ गया। उसने चुपचाप ठंडी चाय पीनी शुरू कर दी। आधा कप पीकर ही वह उठ गया। एक बार अच्छी तरह उसने भट्ठी पर हाथ सेंके, मफलर से कानों को कसकर बाँधा और जेबों में हाथ डाले लगभग दौड़ते हुए, वह घर की तरफ बढ़ा।

सड़क पर काफी धुन्ध उतर चुकी थी। तीखी हवा निर्ममता के साथ आघात कर रही थी। उसे लग रहा था कि आधे फर्लांग का यह सफर खत्म होने को नहीं आएगा। अँधेरे में दो-तीन जगह उसे ठोकर लगी। और अपने को गिरने से बचाते हुए किसी तरह वह अपनी गली में पहुँच गया।

इस साल का दिसम्बर इतना सर्द क्यों है ? उसने सोचा। बहुत मुमकिन है हर साल का दिसम्बर इतना ही सर्द होता हो और फिर उसे दिसम्बर की भयानकता का अहसास आज शाम से ही तो हो रहा है।

दरवाजे पर हाथ रखते-रखते उसके पास एक पत्थर का टुकड़ा गिरा। बिना उसे देखे, वह समझ गया कि उससे लिपटे कागज में आज रात छत पर मिलने के लिए बिन्नी ने उसको समय दिया होगा। अकसर जब कोई महत्त्वपूर्ण बात होती तो वह या बिन्नी इसी तरह रात में छत पर मिलने का समय निश्चित कर लेते थे। हालाँकि पिछले कई महीनों से बिन्नी द्वारा बुलाए जाने पर भी वह छत पर नहीं गया था लेकिन आज जरूर जाएगा। इतनी सर्दी में भी छत पर खड़ी बिन्नी उसके घर आने का इन्तजार कर रही है—यह सोचकर उसका मन कृतज्ञता से भर उठा। उसने छत की तरफ नजर डाली। एक धुँधली-सी आकृति झाँक रही थी और उसे देखकर हट गई। उसने पत्थर उठाकर उसका कागज खोला और जेब में रख लिया। दरवाजा हल्के से ढकेलकर वह अन्दर आ गया। पप्पू अभी नहीं आया होगा, सोचकर उसने दरवाजा खुला छोड़ दिया और तेज कदमों से आँगन पार करते हुए अपने कमरे में आ गया। मुँह तक रजाई ढाँपे मुंशीजी लेटे हुए थे। पता नहीं जग रहे थे या सो गए थे। विनोद ने जल्दी-जल्दी कपड़े बदले, कमरा बन्द किया, बिजली बुझाई और अपनी रजाई में घुस गया।

पनियायी आँखों का भविष्य

उसने धीरे से दरवाजा खोला। दरवाजा अन्दर से बन्द नहीं था, केवल उढ़का हुआ था। हल्के से हाथ के दबाव से खुल गया। ज़रा भी चरमराहट न हो, इसकी बहुत कोशिश करने पर भी आवाज हो ही गई। थोड़ी देर तक दरवाजे पर ही खड़े होकर उसके अन्दर की आहट लेने की कोशिश की। अन्दर पूरी तरह खामोशी छाई हुई थी। मुंशीजी और विनोद के कमरे की बिजली बुझी हुई थी और उसके और राजकुमारी के कमरे में बल्ब जल रहा था। उसे पता है कि सभी लोग अपने बिस्तरों में दुबके जग रहे होंगे लेकिन कोई कुछ नहीं बोलेगा। ज्यादा-से-ज्यादा मुंशीजी हल्के से खखारेंगे और फिर खामोश हो जाएँगे। राजकुमारी ने चौके में उसके लिए खाना ढककर रख दिया होगा। वह रोज की तरह चुपचाप जाएगा और जो कुछ ठंडा-गरम होगा, खाकर, पानी पीकर रसोई की बत्ती बुझाकर, कमरा बन्द करते हुए अपने बिस्तर पर जाकर लेट जाएगा। जाड़े में उसका कोई अलग बिस्तर नहीं होता। एक ही रजाई होने के कारण उसे राजकुमारी के बिस्तर पर ही सोना पड़ता है।

पप्पू ने आँगन का दरवाजा धीरे से बन्द किया और रसोई में आ गया। रात में लौटने पर अकसर उसे भूख नहीं लगती और ठंडा होने के कारण बेस्वाद हो गया खाना खाने का कत्तई मन नहीं करता लेकिन आज दिन

में वह खाना खाने नहीं आया था इसलिए उसे तेज भूख लगी थी। जल्दी-जल्दी उसने ढकी हुई थाली अपनी तरफ खींची, ढक्कन हटाकर उसमें रखी खिचड़ी देखी, गुस्से से थाली सामने से हटा दी लेकिन फिर उसे खींचकर बड़े-बड़े कौर निगलने लगा। सबको पता है कि उसे खिचड़ी पसन्द नहीं है, फिर भी अकसर खिचड़ी बन जाती है। माँ होती तो वह बिना खाए ही उठ जाता। उसे पता था कि माँ उसे मनाएगी, फिर कभी खिचड़ी न बनाने की कसमें खाएगी और बिना उसे कुछ खिलाए उसे सोने नहीं देगी लेकिन आज बिना खाए उठ जाने पर तो अलग-अलग द्वीपों की तरह पड़े घर के तीनों सदस्यों को शायद पता भी न चले कि वह भूखे पेट सोने चला गया है। जल्दी-जल्दी उसने खिचड़ी निगली और थाली एक तरफ सरकाकर गिलास में पानी लिये बाहर आँगन में निकल आया। आँगन में उसने हाथ धोया और गिलास वहीं जमीन पर रख, चौके का दरवाजा बन्द करके, अपने कमरे में चला गया।

कमरे का दरवाजा अन्दर से बन्द करके वह लाइट आफ करने के लिए बढ़ा। आवाज से राजकुमारी हल्के से कुनमुनाई और फिर उसने दूसरी तरफ करवट बदल ली। रजाई का आधे से ज्यादा हिस्सा राजकुमारी के बदन से होता हुआ चारपाई के दूसरी तरफ जमीन पर लटक रहा था। राजकुमारी की पीठ उघड़ी हुई थी। पप्पू की निगाह एक क्षण के लिए उसकी पीठ पर टिकी, फिर उसने घबराकर निगाहें जमीन पर गड़ा दीं। कुछ वर्जित देखने या सोचने का पुराना अपराध-बोध एक बार फिर उसके मन पर बोझ की तरह सवार हो गया। पिछले कुछ दिनों से राजकुमारी को लेकर उसके मन में न जाने कैसी गन्दी-गन्दी बातें आती रहती हैं। एकान्त में भी ऐसे विचार मन में आते ही वह घबरा उठता है। हड़बड़ाकर इधर-उधर देखता है कि कहीं कोई देख तो नहीं रहा है। अब तो सीधे राजकुमारी की आँखों में आँखें डालकर बात करते हुए भी उसे डर लगता है कि कहीं राजकुमारी उसके मन की बात न पढ़ ले।

इधर कुछ महीनों में पप्पू को बड़े रोमांचक शारीरिक अनुभवों से होकर गुजरना पड़ा है। एकाएक उसे एहसास होने लगा है कि वह बड़ा हो रहा है। जिस्म के विभिन्न हिस्सों पर उग रहे बालों और आवाज में आए भारीपन को उसने अचानक महसूस करना शुरू किया है। गली में अपने से बड़े या हमउम्र लड़कों की खुसुर-पुसुर से पहले की तरह वह शरमाता नहीं, बल्कि धीरे-धीरे उनमें खुद भी शरीक होने लगा। पहले गली के बड़े लड़के उसे देखकर आपस में इशारे करते या शरारतन मुस्कुराते तो वह शरमा जाता;

कभी-कभी तो रुआँसा हो उठता लेकिन अब वह खुद इन लड़कों का हिस्सा बन गया था और उनके साथ मिलकर, गली के दूसरे कमसिन लड़कों से छेड़खानी करने में लगा रहता था।

शरीर के इन नए अनुभवों ने बहुत सारे रिश्तों को भी गड्ड-मड्ड कर दिया था। मुहल्ले की तमाम लड़कियाँ, औरतें अचानक उसके लिए पहले से भिन्न हो गई थीं। जिन औरतों के पास बैठकर वह घंटों बातचीत कर सकता था, उन्हीं के पास से सड़क अथवा गली में गुजरते हुए उसके हलक में काँटे उगने लगे हैं। उनकी आँखों में आँखें डालकर बातें करते ही वह हकलाने लगता है। ज्यादा करीब आने पर पूरा बदन कसाव से भर उठता है। जिस्म के तिलिस्म का बाँध इतने तेज बहाव के साथ टूटा कि पप्पू निरुपाय लकड़ी के कुन्दे की तरह उसमें बह गया। इसी बहाव में तमाम रिश्तों की परिभाषाएँ भी बह गईं। पप्पू के लिए राजकुमारी का साथ भी उतना सहज नहीं रह गया जितना कुछ दिनों पहले था। राजकुमारी और उसके रिश्तों में हुई गड़बड़ी ने उसे कुंठा और तर्जना की ऐसी भूलभुलैया में डाल दिया था, जिसमें न तो उसे तैरते बन रहा था और न डूबते।

बहुत दिनों से पप्पू राजकुमारी के साथ जाड़ों में उसकी रजाई में सोता आया है। पहले माँ भी उसी रजाई में सोती थी। माँ के मरने के बाद केवल वह और राजकुमारी उस रजाई में सोते हैं। माँ थी तब तीनों जमीन पर गद्दा बिछाकर सोते क्योंकि एक चारपाई पर तीनों नहीं समाते थे। कभी-कभी वह मुंशीजी या विनोद के साथ सो जाता था। सालों राजकुमारी के साथ सोने के बावजूद ऐसा तनाव वह पिछले दो जाड़ों से ही महसूस कर रहा है। हर रात वह कुंठा और तनाव के ऐसे अजीब दौर से गुजरता है, जिसमें उसके व्यक्तित्व की चूल-चूल हिल जाती है। रोज वह रात को फैसला करता है कि दूसरे दिन से विनोद के साथ सोएगा लेकिन किसी दिन रात होने तक वह विनोद से इस बारे में कोई बात नहीं कर पाता और रात होते ही चुपचाप राजकुमारी के कमरे में घुस जाता है। कई बार उसका मन विद्रोह से भर गया है कि मुंशीजी उसे अभी तक बच्चा क्यों समझते हैं। उसके मन में कई बार यह बात आई कि वह कोई हरकत कर दे जिससे मुंशीजी उसे बच्चे की जगह आदमी समझने लगें। मसलन बजाय छिपाकर, वह एक बार मुंशीजी के सामने ही उनके रेजर से अपनी दाढ़ी बनाने लगे, या...या...उसका मन क्षोभ से भर उठा। इससे भी कोई फायदा नहीं होगा। विनोद ने तो कई बार उसे गली के अँधेरे कोने में झेंपते हुए निकलते देखा है और एक बार तो

मुंशीजी ने भी उसे रात में आँगन की नाली पर झुके हुए पकड़ा है। फिर क्यों वे उसे अभी बच्चा समझते हैं।

कई बार उसने ऐसा किया है कि चुपचाप कमरे में घुसकर, सोई हुई राजकुमारी की चारपाई पर न जाकर, वह अपनी ही चारपाई पर जाकर चादर ओढ़कर ठिठुरते हुए लेट गया है। ताज्जुब की बात है कि इस तरह बजाय ठंड में सिकुड़कर जगते रहने के वह ज्यादा जल्दी सो गया है। लेकिन हर बार रात के किसी-न-किसी समय राजकुमारी अपनी चारपाई से रजाई समेत उसकी चारपाई पर आ गई है और उसके साथ लेट गई है। राजकुमारी के साथ लेटते ही वह फिर उसी निषिद्ध दुनिया में डूबने-उतराने लगा है।

आज भी उसने सोचा कि अपनी चारपाई पर सोए लेकिन इससे कोई बहुत फायदा तो था नहीं इसलिए वह सीधे राजकुमारी की चारपाई पर चला गया और उसके स्पर्श से अपने को भरसक बचाते हुए लगभग पाटी पर सिमट गया। दिन-भर की थकान ने जल्दी ही उसे सोने-जागने की बीचवाली स्थिति में पहुँचा दिया।

पप्पू का एक और दिन खत्म हुआ। वह दिन भी उसके और तमाम दिनों की तरह था जिसके बीतने या न बीतने का पप्पू या किसी और के लिए कोई अर्थ नहीं था।

कल रात बड़ी देर तक पप्पू जागता रहा था। अनिल दादा के साथ बनाई गई स्कीम ने उसके मन को आजकल काफी उर्वर बना दिया है। उस स्कीम में अपने को भिन्न-भिन्न भूमिकाओं में फिटकर, वह न जाने क्या-क्या सोचता रहता है। कल रात भी काफी देर तक उसी स्कीम के बारे में सपने देखता हुआ आधा सोने आधा जागने की अवस्था में पड़ा रहा। इसीलिए आज उठने में देर हुई। ठीक तरह से न सोने से बदन टूट रहा था। बाहर बरामदे में कुछ खटपट हुई। पप्पू हड़बड़ाकर चारपाई पर उठ बैठा। लगता है मुंशीजी उठ गए हैं। और बरामदे में बैठकर शेव कर रहे हैं। पप्पू को दिक्कत महसूस होने लगी। रोज वह ऐसे समय उठ जाता है जब मुंशीजी अभी ऊपर धूप में बैठे अखबार पढ़ रहे होते हैं। जब तक वह पाखाने के लिए ऊपर से नीचे उतरते हैं, तब तक पप्पू निपट-चुपटकर घर से बाहर निकल जाता है। घर वह वापस ऐसे समय आता है जब मुंशीजी ट्यूशन के लिए या किसी और काम के लिए बाहर निकल चुके होते हैं। उनकी अनुपस्थिति में ही खाना खाकर, वह उनके वापस लौटने के पहले फिर बाहर निकल जाता है। आजकल तो खासतौर से वह उनके सामने पड़ने से डरता है। पिछले हफ्ते उन्होंने

एक्जामिनेशन फीस जमा करने के लिए रुपए दिए थे और पिछले साल की ही तरह पप्पू ने उन रुपयों को सिनेमा देखने और खाने-पीने में खर्च कर दिया था और अब वह रोज यही डरता था कि कहीं मुंशीजी उससे रसीद न माँग लें। हालाँकि अब तो करीब एक हफ्ता हो रहा था और पप्पू बड़े आराम से रसीद के खो जाने का बहाना बना सकता है लेकिन उसे पता है कि मुंशीजी चाहे कहें भले कुछ नहीं, उनकी आँखों में तैरता अविश्वास बहुत कुछ कह देगा और पप्पू इन्हीं आँखों से बचना चाहता है।

बहरहाल अब तो कुछ नहीं हो सकता। मुंशीजी बाहर बरामदे में बैठे दाढ़ी बना रहे थे। राजकुमारी रसोई में थी। पप्पू चुपचाप चारपाई पर बैठा था। राजकुमारी ने उसे चाय का गिलास वहीं ला दिया। बिना मुँह धोए वह चाय नहीं पीता लेकिन आज वह धीरे-धीरे चाय सुड़कने लगा। बिना मुँह धोए चाय का स्वाद अजीब कड़ुआ-सा लग रहा था। उसने आधी से ज्यादा चाय गिलास में छोड़कर गिलास जमीन पर रख दिया। राजकुमारी किसी काम से कमरे में आ रही थी, पप्पू को लगा मुंशीजी आ रहे हैं, वह घबराकर उठ खड़ा हुआ और राजकुमारी के अन्दर घुसने के पहले ही गिलास उठाकर बाहर निकल गया। बाहर मुंशीजी निर्विकार भाव से अपनी एक बार छीली दाढ़ी पर दोबारा साबुन लगा रहे थे। पप्पू ने चाय का गिलास आँगन में नल के पास रख दिया। टट्टी के पास रखे टूटे डालडे का डिब्बा उठाकर नल से पानी भरा और टट्टी में घुस गया। इस पूरे समय वह अपनी आँखें झुकाए रहा जिससे मुंशीजी से नजरें न मिल पाएँ।

टट्टी में पप्पू बहुत देर तक बैठा रहा लेकिन कितनी देर तक बैठता। बिन्नी अगर ट्यूशन पढ़ने आ जाती तो शायद कुछ बचत होती लेकिन बिन्नी भी आज देर कर रही थी। लगता है, विनोद भैया अभी ऊपर गए हैं। वह भी ऊपर होगी। पप्पू को बिन्नी का जिस्म याद आने लगा। कई महीने पहले एक बार पप्पू कुछ पहले घर आ गया था। राजकुमारी चौके में काम कर रही थी। वह ठंडी हवा में बैठने के खयाल से ऊपर चला गया। जाने क्या था ऊपर कि वह पूरी तरह से सन्न हो गया। छत पर बड़े बाबू के हिस्से में एक कोने से कुछ फुसफुसाहटों और हल्के-हल्के हँसने की आवाजें आ रही थीं। पप्पू जड़ बना एक जगह खड़ा होकर सुनने की कोशिश करने लगा। अँधेरे में कुछ साफ नहीं दिखाई दे रहा था लेकिन पप्पू को इतना तो साफ समझ में आ ही गया कि वहाँ विनोद और बिन्नी थे। न दिखाई पड़ने के बावजूद उसका शरीर लकड़ी की तरह कड़ा हो गया था और वह चुपचाप

जीनों से नीचे उतरकर पाखाने में घुस गया था। उस दृश्य की कल्पना मात्र से ही एक बार फिर उसका शरीर अकड़ गया। वहाँ ज्यादा देर बैठने पर मुंशीजी बाहर निकलते ही उसे घूरने लगते, इसलिए वह बाहर निकल आया। मुंशीजी टुटहे शीशे को बाएँ हाथ में लेकर दाहिने हाथ से अभी भी चेहरे पर बचे-खुचे बालों को खरोचने की कोशिश कर रहे थे। कुछ ही साल पहले तक पप्पू इसी बात पर हँसता था। मुंशीजी महीने में दो से ज्यादा ब्लेड इस्तेमाल नहीं करते। नया ब्लेड आने पर शुरू के दो-तीन दिन तो उनकी दाढ़ी ठीक बन जाती, बाद में जैसे-जैसे ब्लेड पुराना पड़ता जाता वे चार-चार पाँच-पाँच बार पानी में ब्रश भिगो-भिगोकर चेहरे पर फिराते और सेफ्टी रेजर चलाते। लगता है, ब्लेड अब बहुत पुराना हो गया है और मुंशीजी के लाख कोशिश करने पर भी ठुड्डी के आसपास के बाल निकल नहीं पा रहे हैं। उन्हें भिन्न-भिन्न अदाओं में दाढ़ी बनाते देखकर पप्पू कितना हँसा करता था। चाय का गिलास हाथ में लेकर मुंशीजी हँसने का असफल प्रयास करते और डाँटकर उसे पढ़ने बैठने को कहते। अब भी मुंशीजी को दाढ़ी बनाते देखकर पप्पू की आँखों में कभी-कभी चमक आ जाती है लेकिन जितनी तेजी से चमक पैदा होती है, उससे कहीं ज्यादा तेजी से बुझ जाती है। आज उसने कनखियों से मुंशीजी की ओर देखा और इस डर से कि कहीं मुंशीजी से आँखें न मिल जाएँ, वह नजरें झुकाए-झुकाए आँगन के एक कोने से मिट्टी उठाकर नल के नीचे बैठकर हाथ मटियाने लगा।

एकाएक किसी शीशे के बर्तन के फूटने की आवाज हुई, पप्पू ने चौंककर देखा। नल के पास उसने जो चाय का गिलास रख दिया था, वही राजकुमारी के पैर से टकराकर टूट गया। अपराध-बोध से उसका सर फिर झुक गया। हालाँकि वह जानता है कि मुंशीजी पहले की तरह अब न तो उठकर ताबड़तोड़ उसकी धुनाई करेंगे और न ही देर तक गुस्से में बड़बड़ाते ही रहेंगे। फिर भी चारों तरफ फैला हुआ सन्नाटा और भी बोझिल हो गया।

'क्या टूटा...!' अस्फुट से मुंशीजी बुदबुदाए। किसी ने उत्तर नहीं दिया। राजकुमारी झाड़ू ले आई थी। वह बैठकर किरचें बीनने लगी। पप्पू अनावश्यक रूप से नल के बहते पानी के नीचे हथेलियाँ उलटता-पुलटता रहा, फिर एकदम से उठकर बाहर निकल गया।

जाड़े की धूप आँगन तक तो आ गई लेकिन अभी तक गली की हद में नहीं पहुँची थी इसलिए गली अभी ठिठुर रही थी। पप्पू ने सिर्फ पाजामा-कमीज पहन रखा था। उसे ठंडक लगने लगी थी। उसने हथेलियाँ

रगड़ते हुए तेज चाल से गली पार की और सड़क पर आ गया। सड़क के कुछ हिस्सों पर धूप छोटे-छोटे टुकड़ों में नाच रही थी। धूप के एक वृत्त में खड़े होकर उसने गर्माहट ली। पिछले हफ्ते मुंशीजी ने उसे इम्तहान की फीस जमा करने के लिए चालीस रुपए दिए थे। उनमें से तीन-चार रुपए अभी भी उसकी जेब में थे, यानी अभी दो-तीन दिन तक आराम से बैठकर वह चाय, पकौड़ी खा सकता था। पिछले साल इतना ही पैसा लगभग एक महीने चला था। इस साल कम चला क्योंकि कई दिन पप्पू को अनिल दादा और उसके दोस्तों को भी खिलाना पड़ा। कल अनिल दादा को पूरी एक पैकेट सिगरेट खरीदकर भी उसने दी थी।

सामने सीताराम की दुकान पर उसका छोकरा धीरे-धीरे भट्ठी की आग सुलगाने के लिए पंखी झल रहा था। वहाँ जाना ठीक नहीं था क्योंकि सीताराम की दुकान पर विनोद का अड्डा था और थोड़ी देर बाद ही उसके पहुँच जाने की पूरी सम्भावना थी। इसलिए पप्पू शंकर की दुकान की ओर बढ़ा। उधर बाईं तरफ थोड़ी दूर पर आड़ में एक दुकान थी, जहाँ फिलहाल न विनोद द्वारा देखे जाने का भय था और न मुंशीजी द्वारा।

विनोद तो खैर देख भी लेगा तो कुछ नहीं कहेगा लेकिन अगर मुंशीजी देख लेंगे तो जरूर भाँप जाएँगे। उन्हें यह पता है कि पप्पू के पास दुकान पर चाय-वाय के लिए पैसे दो-तीन तरह से ही आ सकते हैं—या तो वह चोरी करे या स्कूल की फीस न जमा करे या किताब-कॉपी बेच दे। चोरी का तो अब कोई सवाल नहीं क्योंकि बहुत दिनों से मुंशीजी की जेब में कुछ नहीं रहता। पहले जरूर पप्पू माँ या मुंशीजी की आँखें बचाकर किसी कील या खूँटी पर टँगी मुंशीजी की कमीज से पैसा चुरा लिया करता था और उसके लिए पकड़े जाने पर बुरी तरह पीटा जाता था। माँ या मुंशीजी द्वारा बहुत सख्त निगरानी रखे जाने पर कई-कई दिनों तक उसके हाथ में एक भी पैसा न लगता, तब वह स्कूल की फीस बचाकर सिनेमा देखता या होटलबाजी करता। नाम कट जाने पर स्कूल जाने के निश्चित समय पर घर से निकलता और दिन-भर मटरगश्ती करने के बाद निश्चित समय पर घर वापस आ जाता। दो-एक महीने बाद भेद खुलने पर बेतहाशा धुनाई होती। रात को माँ एक-एक अंग सेंकती और रोती और सुबह विनोद जाकर उसका नाम फिर से लिखवा आता। बाद में उसका स्कूल छूट गया और पप्पू को खर्च करने के लिए पैसा मिलना धीरे-धीरे और मुश्किल हो गया। अब या तो वह अपने से काफी बड़े उम्र के लड़कों पर पैसों के लिए निर्भर करता

है, जिसके कारण अक्सर गली के लड़के उसे चिढ़ा-चिढ़ाकर रुआँसा बना देते हैं या फिर इम्तहान की फीस जमा करने जैसा कोई इक्का-दुक्का मौका मिल जाता है जब उसकी जेब में कुछ पैसे होते हैं और वह उनसे एकाध सिनेमा देखने और दो-तीन दिन किसी चाय की दुकान पर बैठने का शौक पूरा करता है। पिछले साल एक इम्तहान की फीस जमा करना चाहता था लेकिन जिस दिन वह स्कूल फीस लेकर गया, उस दिन किसी मास्टर के मरने से स्कूल बन्द हो गया। पप्पू जेब के पैसों की गर्मी से सिनेमा चला गया। ढाई रुपए खर्च हो गए। इतनी हिम्मत थी नहीं कि मुंशीजी से माँगता। कई दिन घात लगाने के बाद भी मुंशीजी या विनोद की जेबों में से कुछ नहीं मिला। जेब में पैसे लिये-लिये वह कितने दिन तक घूमता, लिहाजा धीरे-धीरे सारे पैसे खर्च हो गए। बोर्ड का रिजल्ट निकलने पर उसके बताए काल्पनिक रोल नम्बर की तलाश में मुंशीजी का बेचैन हाथ कितनी बार अखबार पर ऊपर-नीचे घूमता रहा और फिर थककर हवा में झूल गया। उन्होंने पहले की तरह न उसे कोसा और न डाँटा, चुपचाप मेरिट लिस्ट में छपे लड़कों का नाम पढ़ने लगे लेकिन उनकी आँखों में कुछ था जिसे देखकर पप्पू ने मन-ही-मन प्रतिज्ञा की थी कि अगले साल खूब जमकर पढ़ेगा और अपनी नालायकी की छाप मुंशीजी के मन से मिटाकर रहेगा। लेकिन यह साल भी पिछले साल की तरह बीत गया और इस बार जब इम्तहान की फीस जमा करने का वक्त आया तब उसके मन में कोई दुविधा नहीं थी। इस बार जेब में पैसे लेकर वह स्कूल की तरफ गया ही नहीं, सीधे सिनेमा हाल की तरफ मुड़ गया। वैसे भी इम्तहान देकर क्या करेगा, पास तो होना नहीं है। यह उसका हाईस्कूल का तीसरा साल है एक बार रेगुलर के रूप में बैठकर वह फेल हो चुका है और दूसरी बार प्राइवेट कैंडीडेट की इम्तहान फीस न जमा करके इम्तहान से मुक्ति पा चुका है। इसलिए इस बार इम्तहान में फिर न बैठने का उसे कोई दुःख नहीं होता।

वह शंकर की दुकान तक पहुँच गया था। वहाँ बाएँ हाथ मुड़ना था। एक उचाट-सी निगाह उसने शंकर की दुकान की तरफ डाली। अभी कोई ग्राहक नहीं पहुँचा था। शंकर भी दुकान पर नहीं था।

जिन्दगी में अगर किसी से पप्पू सबसे ज्यादा नफरत करता है तो वह है, शंकर। शंकर की दुकान के सामने से गुजरते ही उसे अपने अन्दर आग का अहसास होने लगता है। वह और भी छोटा था, तभी उसके मन में वहाँ से गुजरते समय यह इच्छा आती थी कि शंकर की दुकान पर इस तरह से

पत्थर फेंककर भागे कि पत्थर सीधा उसकी खोपड़ी पर जाकर टन्न से लगे हालाँकि कभी वह अपनी इच्छा पूरी नहीं कर सका लेकिन उसके मन में बार-बार यह इच्छा उठती जरूर थी। आज भी उठी। उसने नफरत से दुकान के अन्दर देखा। अन्दर शंकर का सबसे छोटा लड़का गणेश बैठा था। गणेश पप्पू के ही साथ पढ़ता था। पप्पू उसे हमेशा गोबर गणेश कहकर अपने मन में खुश होता था। कई बार खेल में पप्पू उससे जबर्दस्ती उलझ जाता और एकाध बार उसने उसकी पिटाई भी की थी। हर बार गणेश को गाली देते या पीटते समय पप्पू को एक क्रूर सुख का अनुभव होता था। पप्पू की आँख गणेश से मिल गई तो उसे लगा कि गणेश ने उसे रुकने का इशारा किया है। जरूर बच्चू को हिन्दी की किताब चाहिए होगी। पप्पू ने खुद उसे उस दिन हिन्दी की किताब सेकेंड हैंड में बेचते देखा था। अब उसकी हिम्मत फिर से शंकर से पैसा माँगने की तो पड़ नहीं रही होगी। शंकर जैसा कंजूस दोबारा पैसा देगा भी नहीं और स्कूल में मास्टर साहब रोज किताब के लिए छड़ी लगाते होंगे। और देखो बेटा पिक्चर, किताब बेचकर ! पप्पू ने उपेक्षा से मुँह बिचकाया और आगे बढ़ गया।

उसे एक-न-एक दिन इस शंकर के बच्चे से बदला जरूर लेना है। उसे आजकल अनिल दादा की संगत इसलिए भी और ज्यादा पसन्द आ रही है क्योंकि अनिल दादा इधर फिल्मी स्टाइल की कोई रोमांचक कारगुजारी करना चाहता था। पप्पू ने ही उसे बताया था कि अगर शंकर की दुकान को लूटा जाए तो कम-से-कम दस हजार रुपए मिलेंगे। उतनी छोटी दुकान पर दस हजार रुपए मिलने की बात अनिल दादा के गले आसानी से उतरी नहीं लेकिन उसने बाद में मान लिया क्योंकि पप्पू ने खुद शंकर को कई बार सौ-सौ के नोटों की गड्डियों को गिनते हुए देखा है। पप्पू के अलावा और भी कई लड़कों ने देखा है। ये सभी वही लड़के हैं, जिनके माँ-बाप अक्सर शंकर के हाथों जलील होते रहते हैं। आजकल अनिल दादा, पप्पू और दूसरे लड़कों के साथ शंकर को लूटने की स्कीम पर बहस करता रहता है। दो-तीन छुरों का इन्तजाम हो गया है। बस एक पिस्तौल की और जरूरत है। काले कपड़ों के टुकड़ों को जोड़कर पार्क में ही वनभैरव शैली की नकाबें बनाई गई हैं। आज अनिल दादा अपने साथ कुछ और होशियार किस्म के लोगों को लेकर आनेवाला था और उनके साथ बैठकर योजना को अन्तिम रूप देना था।

पिछले कई महीनों से अनिल दादा के साथ मिलकर वह योजना बना रहा है। दरअसल अनिल दादा ने एक फिल्म देखी थी जिसमें चार नकाबपोश

लड़के मिलकर एक बैंक लूटते हैं। तब से वह इसी स्कीम पर काम कर रहा है। उसने पप्पू को भी कई बार यह फिल्म दिखाई थी। पप्पू इस समय अनिल दादा का काफी नजदीकी हो गया है। अनिल दादा मोहल्ले भर का दादा है। पप्पू की उम्र के लड़के या तो उससे डरते हैं या उसके साथ के लिए लालायित रहते हैं। छोटे-मोटे दुकानदार भी उससे जल्दी नहीं उलझते। पिछले कई सालों से वह हाईस्कूल का इम्तहान दे रहा है। स्कूल छूटने के बाद वह अनिल दादा के करीब आ गया है। इसी ने उसे शंकर की दुकान लूटने का आइडिया दिया था, तब से वह उसके और करीब आ गया है।

आजकल वे लोग पार्क के एक किनारे पर बैठते हैं। आपस में फुसफुसाकर बातें करते हैं। अँधेरा होने पर बस्ती के बाहर सड़क पर टहलने निकल जाते हैं। और देर तक टहलते हुए किसी पुलिया पर बैठकर योजनाएँ बनाते हैं। योजनाएँ बनाते-बनाते अक्सर पप्पू का मन रोमांच से भर उठता है। आजकल उठते-बैठते, सोते-जागते वह अपने को आँखों पर वनभैरव की तरह पट्टियाँ बाँधे, हाथ में पिस्तौल लिये महसूस करता है। एकाएक अपने को चारों तरफ से हथियारबन्द खूँखार नौजवानों से घिरा देखकर थुलथुल शंकर कैसे घबराएगा ? किस तरह से रोनी सूरत बनाए अपनी जिन्दगी-भर की कमाई लुटते देखेगा ? सोच-सोचकर पप्पू को हँसी आती है। शंकर तो उसे नहीं पहचान पाएगा लेकिन अगर गणेश उसी समय आ गया तो जरूर पहचान लेगा। पहचान ले। वह तो चाहता है कि शंकर जान जाए कि उसे किसने लूटा है और क्यों लूटा है ?

शंकर की दुकान पीछे छूट गई और वह चाय की दुकान तक पहुँच गया। उसने सौ ग्राम जलेबी खाई, फिर पानी पीकर गिलास में उँगलियाँ डुबोकर धोईं। उसका मन वहाँ बैठने को नहीं कर रहा। वह जल्दी-जल्दी अनिल दादा तक पहुँचना चाहता था लेकिन अभी जल्दी थी और अनिल दादा अभी पार्क में नहीं आया होगा। उसने गर्म चाय ली और धीरे-धीरे सुड़कने लगा। गिलास काफी गर्म था और वह जानबूझकर चाय धीरे-धीरे पी रहा था। इसलिए वह देर तक वहाँ बैठा रहा। उसे लगा कि शायद अनिल दादा पार्क में आ गया हो, इसलिए वह उठा, दुकानदार को पैसे दिए और पार्क की तरफ चल दिया।

पप्पू आज रोज के मुकाबले शायद जल्दी पार्क पहुँच गया था। अभी तक पार्क लगभग खाली था। खासतौर से कोना, जहाँ अनिल दादा अपनी टीम के साथ बैठता था, पूरी तरह खाली था। दिसम्बर की गुनगुनी धूप ने पार्क को हर तरफ से घेर लिया था। वहाँ बैठने में जो सुख था उसने न

चाहते हुए भी पप्पू को अपनी तरफ खींच लिया। पप्पू पार्क के अपने कोने में जाकर बैठ गया। पप्पू और उसके साथियों के लिए यह कोना अपना इसलिए था क्योंकि वे लगभग रोज ही वहीं बैठते थे और उनकी बदमाशियों की वजह से मोहल्ले का कोई बुजुर्ग या कोई महिला वहाँ बैठने की हिम्मत नहीं करते थे। पप्पू ऊबा-सा वहाँ बैठा-बैठा जम्हाइयाँ लेता रहा। धूप की गर्माहट और ऊब ने ऐसा माहौल पैदा किया कि वह लेट गया और धीरे-धीरे ऊँघने लगा।

एक कुत्ता आकर उसके पास बैठ गया और उसका पैर चाटने लगा। उसने लेटे-लेटे उसे एक लात जमाई और कुत्ता उठकर दूसरी तरफ, एक मूँगफलीवाले के पास चला गया। पार्क में उसके अलावा दो-तीन खोमचेवाले थे जो ग्राहकों के अभाव में रेलिंग के सहारे बैठकर बतिया रहे थे, कुछ आवारा गायें और बकरियाँ और मोहल्ले के ही एक रिटायर्ड रेलवे गार्ड थे जो सामने अखबार फैलाए, जाने कितनी देर से बैठे-बैठे ऊँघ रहे थे। पप्पू जहाँ बैठा है, वहाँ काफी सख्त घास थी और कुछ दूरी पर नर्म हरी घास का टुकड़ा दिखाई दे रहा था। पप्पू का मन हुआ कि जाकर वहाँ बैठ जाए लेकिन आलस में वहीं बैठा रहा और न सिर्फ बैठा रहा बल्कि थोड़ी देर में वहीं लेट गया और आँखों पर हाथ रखे धीरे-धीरे सो गया।

पप्पू की नींद खुली तब तक कई लड़के उसके इर्द-गिर्द आकर बैठ चुके थे। कुछ लड़के रोज की तरह अपनी क्लासों से भागकर आए थे, कुछ पप्पू की तरह थे जो फीस उड़ा गए थे और नाम कट जाने की वजह से बजाय स्कूल जाने के पार्क में बैठने लगे थे। जब तक उनके माँ-बाप को इस बात का पता न चलेगा और अच्छी खासी कुटम्मस के साथ फिर से फीस जमा करके उनका नाम नहीं लिखवाया जाएगा, तब तक वे यहाँ आते ही रहेंगे। वे किसी फिल्मी हीरोइन के रोमांस के बारे में आधिकारिक ढंग से बातें कर रहे थे। पप्पू बिना किसी उत्सुकता से उनकी बातें सुनता रहा। अनिल दादा अभी तक नहीं आया था। आजकल पप्पू को सिर्फ उसी की बातों में मजा आता है।

थोड़ी देर में अनिल दादा आ गया। उसके साथ एक और दुबला-पतला मरियल सा लड़का था जिसने मैली सी पैंट और गन्दी, फटे कालरवाली कमीज पहन रखी थी। पप्पू को निराशा हुई। उसे उम्मीद थी कि आज अनिल दादा अपने साथ पूरे गैंग को लाएगा, जिसकी वह अक्सर डींग हाँकता रहता है। आया भी तो सिर्फ एक आदमी के साथ और वह भी कितना मरियल लगता

है, जैसे किसी साइकिल के पंक्चर जोड़ने की दुकान का मिस्त्री हो। पप्पू का खयाल सही निकला। बाद में जब अनिल दादा ने पप्पू को आँख का इशारा किया और वे उठकर बाकी लड़कों से अलग बैठ गए तब पप्पू को पता चला कि वह सचमुच कटरे में साइकिल, रिक्शों के पंक्चर जोड़ने की दुकान चलाता है।

अनिल दादा और मिस्त्री फुसफुसाकर बात करने लगे। पप्पू को मिस्त्री की क्षमता पर विश्वास तो नहीं हो रहा था लेकिन जब अनिल दादा ने उसके कई किस्से सुनाए तो उसे विश्वास हो गया कि वह सचमुच कुछ दादा किस्म का आदमी है। अनिल दादा ने मिस्त्री को आँख के इशारे से शंकर का घर दिखाया। मिस्त्री ने बड़े अनुभवी ढंग से चारों तरफ का मुलाहिजा किया। उसने इस ढंग से कुछ सवालात किए, जिससे यह साबित होता था कि उसे इस तरह की वारदातों में शरीक होने का काफी अनुभव है। पप्पू कुछ-कुछ अविश्वास से और अनिल दादा पूरे विश्वास से उसके जवाब देते रहे। उन्होंने पूरी स्कीम फिर से एक बार दोहराई। हालाँकि यह स्कीम सैकड़ों बार दोहराई जा चुकी थी लेकिन पप्पू पूरी उत्तेजना के साथ एक-एक तफ्सील सुनता रहा और अपने सुझाव देता रहा।

मिस्त्री अनुभवी आदमी की तरह हथियारों की बात करने लगा। हालाँकि अनिल दादा ने भी कई बार कहा था कि उसके पास एक रामपुरी चाकू और एक पिस्तौल है लेकिन उसने कभी दिखाया नहीं था। पप्पू एक बार पिस्तौल देखना चाहता था। मिस्त्री ने आश्वासन दिया कि उसे पिस्तौल जरूर दिखाएगा। वह लूट में खुद पिस्तौल लेकर शरीक होना चाहता था, लेकिन चूँकि पिस्तौलें सिर्फ दो थीं इसलिए तय हुआ कि पिस्तौल सिर्फ अनिल दादा और मिस्त्री के पास रहेगी और पप्पू को रामपुरी चाकू दिया जाएगा। दूसरे लड़के भी चाकू रखेंगे। दूसरे लड़कों की लिस्ट पहले की तरह फिर से बनाई गई। मिस्त्री ने अपने साथ एक लड़का लाने की बात की। पहली लिस्ट में शामिल लड़कों में से कुछ के बारे में पप्पू का खयाल था कि वे कायर हैं और कुछ को अनिल दादा डरपोक समझता था। लिहाजा पहले कई बार की तरह एक बार फिर कुछ लड़कों के नाम काटे गए, कुछ के जोड़े गए।

मिस्त्री को जल्दी थी, वह बार-बार शिकायत कर रहा था कि अनिल दादा उसे धन्धे के टाइम उठा लाया था। कई बार उसने उठने की कोशिश की लेकिन हर बार कोई-न-कोई बात निकल आती और वह फिर रुक जाता। अन्त में वह उठ खड़ा हुआ। जाते-जाते पप्पू ने बड़ी आजिजी के साथ उससे

पिस्तौल दिखाने का वादा करा लिया। तय हुआ कि शाम को अनिल दादा पप्पू को लेकर उसके घर जाएगा, वहीं वह पप्पू को पिस्तौल दिखाएगा। पप्पू पिस्तौल देखने के विचार से रोमांचित हो गया। चलते-चलते मिस्त्री अनिल को पप्पू से थोड़ा हटकर एक किनारे ले गया। वे फुसफुस कर कुछ बातें करने लगे। बीच-बीच में पप्पू की तरफ देखकर उनकी आँखों में शरारत-भरी चमक तैरने लगती। वे जिस तरह बीच-बीच में मुस्कुराते और एक-दूसरे की तरफ देखकर आँखें मटकाते उससे पप्पू को उनकी बात का काफी हद तक अन्दाज लग रहा था। उसने घबराकर चारों तरफ देखा। बाकी लड़के आपस में बातचीत में मशगूल थे। किसी का ध्यान इस समय उसकी तरफ नहीं था। अगर किसी ने देख लिया तो मोहल्ले-भर के लड़कों में बात फैल जाएगी। वैसे ही लड़के उसके और अनिल दादा के सम्बन्धों को लेकर उसे कितना चिढ़ाते हैं ? पहले तो वह रुआँसा हो जाता था, बाद में अनिल दादा ने दो-एक लड़कों की पिटाई कर दी। तब से चिढ़ाना कुछ कम हो गया है, फिर भी उसे अकेले पाकर इक्का-दुक्का लड़के एक-दूसरे की तरफ देखकर शरारतन आँखें मार देते हैं या धीरे से आपस में कुछ द्विअर्थक वाक्य बोलते हैं, जिससे पप्पू का चेहरा काला पड़ जाता है और वह न सुनने का बहाना बनाए, वहाँ से चुपचाप खिसक जाता है।

मिस्त्री चला गया। अनिल दादा पप्पू के पास आकर बैठ गया। पप्पू का मन क्षोभ से भरा हुआ था। वह दूसरी तरफ देखता रहा। उसने दादा से कई बार साफ-साफ कह दिया है कि वह उसके साथ तो तैयार है लेकिन उसके दोस्तों के साथ नहीं लेकिन इसके बावजूद, पप्पू को अनिल दादा बीच-बीच में अपने दोस्तों के पास ले जाता रहा है। दो-एक बार पप्पू ने साफ-साफ मना कर दिया था लेकिन अनिल दादा ने अपने उसके सम्बन्धों की बात मुंशीजी को बताने की धमकी देकर उसका प्रतिरोध तोड़ दिया था। अनिल दादा ने पप्पू से बात करने की कोशिश की। लेकिन पप्पू उसकी बात को न सुनने का बहाना किए हुए, दूसरी तरफ देखता रहा। अनिल दादा झल्लाकर उठा और थोड़ी दूर पर बैठे हुए दूसरे लड़कों के साथ बैठ गया। पप्पू अकेला रह गया।

धूप अब काफी तेज हो गई थी। पप्पू ने अन्दाज लगाया, ग्यारह से कम क्या बजे होंगे। उसे काफी तेज भूख लग आई थी। उसने उठकर घर जाने का इरादा किया लेकिन आलस में बैठा रहा। क्या करेगा घर जाकर ? उसके खाने या न खाने का किसी पर क्या असर पड़ेगा ? मुंशीजी खाकर

निकल गए होंगे। विनोद नहा रहा होगा या हो सकता है, वह भी खा-पीकर निकल गया हो। राजकुमारी उसके लिए एक थाली में खाना निकालकर खुद खा लेगी। उसका खाना पड़ा रहेगा। जिस दिन वह दिन में नहीं खाने जाता, उस दिन शाम को बर्तन माँजते समय राजकुमारी उसका खाना गली में फेंक आती है, जहाँ आवारा कुत्ते उसे खा जाते हैं। न कोई उससे दिन में खाना न खाने की वजह पूछता है, न वह किसी से बताता है। जब उसके खाने, न खाने का किसी पर कोई फर्क नहीं पड़ना तो वह क्यों जाए ? अभी भी उसकी जेब में कुछ पैसे थे। वह किसी चाय की दुकान पर बन्द-मक्खन खाकर चाय पिएगा। पहले भी कई बार ऐसा हुआ है कि किसी छुट्टी के दिन मटरगश्ती करने में बहुत देर हो जाती थी लेकिन घर पहुँचने पर हमेशा माँ इन्तजार करती मिली थी। पहुँचते ही उसकी पिटाई करती, फिर नहलाकर अपने साथ खाने बैठाती। मुंशीजी घर में मौजूद होते तो वे भी खाना खाने के पहले या बाद में उसे दो-एक हाथ लगाते। राजकुमारी भी, अभी हाल तक उसके खाना न खाने पर कितना खोद-विनोद करती। पप्पू के रूखे ढंग से जवाब देने पर मुंशीजी से शिकायत करने की धमकी देती। अब तो वह भी कुछ नहीं कहती। कई दिन तो लगातार कई बार का खाना फेंकना पड़ा है लेकिन इस बात का पता सिर्फ राजकुमारी और पप्पू को रहा है, न विनोद को पता चला और न मुंशीजी को।

पप्पू चुपचाप बैठा रहा। थोड़ी देर में अनिल दादा उठकर फिर उसके पास आ गया। उसने उसे खुश करने के लिए टोस्ट-मक्खन खिलाने की बात कही। पप्पू को मालूम था कि अन्त में उसे अनिल दादा की ही बात माननी पड़ेगी। उसे खूब जोरों से भूख भी लगी थी। अतः वह उठ गया। पार्क के अन्दर एक रेलिंग के सहारे अनिल दादा की साइकिल खड़ी थी। अनिल दादा ने साइकिल का ताला खोला और पप्पू को साइकिल थमा दी। पार्क के बाहर निकलने पर वह आगे डंडे पर बैठ गया और पप्पू साइकिल चलाने लगा। मोहल्ले की किसी चाय की दुकान पर बैठना मुश्किल था क्योंकि किसी भी समय मुंशीजी या विनोद उसे देख सकते थे इसलिए उसने साइकिल पालीटेक्नीक की तरफ मोड़ ली। थोड़ी चढ़ाई थी इसलिए पप्पू जल्दी ही हाँफने लगा। अनिल दादा ने उसे उतारकर आगे बैठा लिया और खुद चलाने लगा।

चढ़ाई खत्म होते ही अनिल दादा ने उसे चिढ़ाया, 'इतनी जल्दी हाँफने लगे, बच्चू ? इसी बूते पर शंकर के यहाँ चढ़ोगे ?'

पप्पू झेंप गया। उसने कोई जवाब नहीं दिया। दरअसल वह इधर ही

इतनी जल्दी हाँफने लगा है। पहले जब नया-नया उसने साइकिल चलाना सीखा था तो कितने शौक से वह तीन-तीन लोगों को बैठाकर साइकिल चलाता था। विनोद कॉलेज से लौटता कि वह सबकी आँख बचाकर, उसकी साइकिल लेकर निकल जाता। मोहल्ले-भर के लड़कों को बैठाकर घुमाता रहता। माँ के लाख मना करने पर भी सड़क पर अपने से बड़े लड़कों को बैठाकर साइकिल चलाता रहता। उसे बैठाकर कोई और साइकिल चलाए, यह उसे अपना अपमान लगता था।

'कितनी बार कहा है कि सुबह उठकर डंड-बैठक किया करो, सो तो होगा नहीं, बस शंकर की दुकान लूटने की धुन लगी है।' अनिल दादा का चिढ़ाना जारी है।

झेंपा हुआ पप्पू कैसे बताए कि अपने उस दरबानुमा घर में वह कहाँ डंड-बैठक करे ? अनिल दादा के बहुत चिढ़ाने पर उसने कई बार शुरू भी किया लेकिन हास्यास्पद बन जाने के डर से उसे जल्दी ही छोड़ना पड़ा। एक बार तो बड़े नियमित रूप से वह एकदम सवेरे उठकर छत पर तीन-चार दिन गया लेकिन तीसरे या चौथे दिन ही जब वह पन्द्रह बैठक मारकर, तीसरा डंड निकाल रहा था, उसे लगा कि सामने की छत पर कोई हँस रहा है। न जाने बिन्नी कब वहाँ आकर खड़ी हो गई थी और उसकी तरफ देखकर हँस रही थी। शर्म से पप्पू वहीं दीवार की आड़ लेकर बैठ गया। जब उसे विश्वास हो गया कि बिन्नी चली गई है तो वह तेजी से झुका-झुका ही सीढ़ियों की तरफ भाग निकला। लगता है, बिन्नी ने यह बात विनोद को भी बता दी थी क्योंकि दूसरे दिन जब पप्पू देर से उठकर कमरे के बाहर आया तो बरामदे में बैठा अखबार पढ़ रहा विनोद उसे देखकर धीरे से मुस्कुराया और फिर अखबार पढ़ने लगा उसके बाद पप्पू का 'शरीर बनाओ अभियान' फिर ठप्प पड़ गया।

रास्ते में अनिल ने बताया कि मिस्त्री ने जाते समय उन्हें मैटिनी-शो दिखाने का वादा किया है। वह उन्हें सिनेमा हाल पर ही मिलेगा। सिनेमा खत्म होने पर वे उसके घर जाएँगे और वहाँ वह पप्पू को पिस्तौल दिखाएगा। पप्पू उसका मतलब तो समझ गया, लेकिन चुप रहा। पालीटेक्नीक के पास एक चाय की दुकान पर साइकिल रोककर वे उतर पड़े और बाहर पड़े एक बेंच के पास साइकिल खड़ी कर उसी बेंच पर बैठ गए।

अभी मुश्किल से बारह बज रहे थे। उन्हें तीन घंटे बिताने थे। वे आराम से दुकान पर बैठे रहे। अनिल अखबार उलटता-पुलटता रहा और पप्पू

धीरे-धीरे चाय पीता रहा। उसे बड़े जोरों की भूख लगी हुई थी। अनिल उसे टोस्ट मक्खन खिलाने को कहकर लाया था लेकिन उसने सिर्फ दो समोसे मँगाए, जिसमें दोनों ने एक-एक खाए। लगता है, उसकी जेब में ज्यादा पैसे नहीं हैं। एक समोसा खाने से पप्पू की भूख और बढ़ गई थी। एक बार उसने सोचा कि अपने जेब के पैसों से कुछ मँगा ले लेकिन फिर खामोश रह गया। कहीं रास्ते में अनिल से पीछा छुड़ाकर कुछ खा लेगा। चाय खत्म हुई तो अनिल ने पैसे दिए और वे उठ खड़े हुए। अभी बहुत समय था। वे पैदल ही वापस मुहल्ले की तरफ बढ़े। रास्ते में अनिल ने शंकरवाली स्कीम के बारे में बातचीत करने की कोशिश की लेकिन भूख से कुलबुलाते पप्पू को उसमें ज्यादा रस नहीं आ रहा था। वह लगातार अनिल से छुटकारा पाकर किसी चाय की दुकान तक जाने की सोच रहा था। पार्क तक पहुँचते-पहुँचते उसे एक उपाय सूझ ही गया। उसने अनिल से कहा :

'तुम बैठो, मैं अभी घर से खाना खाकर आता हूँ।'

'तुमने अभी तक खाना नहीं खाया ?'

'अभी कहाँ, सवेरे से तो तुम्हारे चक्कर में हूँ।'

'तभी...'

अनिल कुछ कहना चाहता था लेकिन पप्पू ने उसे मौका नहीं दिया। वह उसे पार्क के फाटक पर छोड़कर एकदम से मुड़ गया।

पप्पू ने अपनी गली के पास पहुँचकर, पीछे देखा। अनिल पार्क के एक कोने में बैठे लड़कों के पास बैठ चुका था। उसकी पीठ पप्पू की तरफ थी। पप्पू तेजी से अपनी गली को पीछे छोड़ता हुआ शंकर की दुकान की तरफ बढ़ गया। वहाँ से वह उसी रफ्तार में बाईं तरफ मुड़कर सवेरेवाली चाय की दुकान में पहुँच गया। उसने जल्दी-जल्दी बन्द-मक्खन खाया, सौ ग्राम पकौड़ियाँ खाईं, चाय पी और उठ खड़ा हुआ।

जब वह वापस पार्क में पहुँचा तो अनिल को ताज्जुब हुआ।

'अरे ! तुम इतनी जल्दी खाना खा आए।'

पप्पू ने कोई जवाब नहीं दिया। सिर्फ सर हिलाकर उस मंडली में शरीक हो गया जिसमें कई लड़के घेरा बनाकर किसी विषय पर बड़े जोर-शोर से बातें कर रहे थे। अनिल और एक-दूसरे लड़के में बहस हो रही थी। अनिल तरह-तरह की दलीलें देकर यह साबित करने की कोशिश कर रहा था कि शरीर बनाने के लिए डंड-बैठक सबसे अच्छा उपाय है जब कि दूसरा लड़का जिम्नेजियम जाकर अंग्रेजी कसरतें करने का पक्षधर था। बाकी लड़के

उत्सुकता से बहस सुन रहे थे और बीच-बीच में दोनों को उकसाने के लिए कोई-न-कोई ऐसा वाक्य बोल देते थे जिससे वे और ज्यादा उत्तेजित होकर बोलने लगते। पप्पू के पहुँचने पर एक क्षण को विराम आया लेकिन फिर उसी जोश-खरोश से बहस शुरू हो गई।

पप्पू को शरीर बनाने से सम्बन्धित बहस को लेकर घबराहट होती है। अक्सर इस तरह की बहसों से मोहल्ले के लड़कों में से ही उदाहरण चुने जाते हैं और फिर पप्पू की खिंचाई होती है। आजकल मोहल्ले के लड़कों में आपसी बातचीत का यह एक सबसे अहम मुद्दा है क्योंकि मोहल्ले में हाल ही में एक 'शाखा' लगने लगी है और शरीर बनाने की एक नई धुन शुरू हुई है। अधभरे पेटवाले लड़के 'शाखा' के बौद्धिक सुन-सुनकर घर आकर डंड-बैठक करते हैं और स्कूल में खाली घंटों में बाँह की कमीज ऊपर चढ़ाकर हाथ की मछलियाँ दिखाते हैं।

पप्पू इस तरह की बहस को लेकर बचने की कोशिश करता है। आज भी बहस का विषय जानते ही वह सायास उपेक्षा से दूसरी तरफ देखने लगा। वह दिखा रहा था कि जैसे वह कुछ सुन ही नहीं रहा है। लेकिन थोड़ी ही देर में उसके कान की लवें लाल होने लगीं। बहस में उदाहरणों का नम्बर आने लगा था। जल्दी ही खराब शरीरवाले लड़कों का जिक्र आने पर उसका भी नाम आ गया। श्रोताओं ने मुस्कुराकर उसकी तरफ देखा। पप्पू उपेक्षा से दूसरी तरफ देखता रहा। अनिल उसकी कमजोरी जानता था इसलिए उसने जल्दी से बात बदल दी लेकिन उससे बहस करनेवाले लड़के को पता था कि पप्पू अनिल की कमजोरी है। वह बहस में हार रहा था इसलिए अनिल को मजाक का पात्र बनाने के लिए वह बार-बार पप्पू का नाम ले आ रहा था। बाकी लड़कों को भी मजा आ रहा था। वे बार-बार पप्पू की आँखों पर कटाक्ष कर रहे थे जो उनके लिहाज से कसरत न करने से गड्ढे में धँस गई थीं और उनमें बहनेवाले गँदले कीचड़ को रोकने का एक ही उपाय था कि वह कसरत करे। पप्पू खिसियानी हँसी हँसकर बहस से अपने को असम्पृक्त करने की चेष्टा कर रहा था और अनिल दादा उसे दूसरी तरफ मोड़ने की कोशिश कर रहा था।

पप्पू को अपनी आँखों की वजह से कई बार शर्म का सामना करना पड़ा है। शुरू से ही उसकी आँखें अजीब पनियायी-पनियायी सी रहती थीं। दर्जा चार का पढ़ा पाठ उसे अकसर याद आ जाता, जिसके मुताबिक चाचा नेहरू बच्चों की आँखों में देश का भविष्य देखते थे। कैलेंडरों और पत्रिकाओं

की तस्वीरों में उसने चाचा नेहरू को बच्चों की आँखों में मुस्कुराते हुए झाँकते देखा है। बच्चों की आँखों के सपने का अक्स स्पष्ट तो नहीं दिखाई देता था लेकिन इतना जरूर स्पष्ट था कि सपना काफी अच्छा होता था, तभी तो चाचा नेहरू हमेशा मुस्कुराते रहते हैं। तस्वीरोंवाले बच्चों की आँखें कितनी नीली, साफ और चमकदार होती हैं। उन बच्चों को देखते हुए पप्पू हमेशा हीन भावना से ग्रस्त हो जाता है। अच्छा हुआ, कभी चाचा नेहरू से मुलाकात नहीं हुई, नहीं तो अगर कहीं वे उसकी आँखों में झाँक लेते तो उसकी पनियायी, निस्तेज आँखों में उन्हें न जाने क्या दिखाई देता ? किसी सपने-वपने की तो बात ही दीगर है--इन गँदली आँखों में सारे सपने मिट जाते--उल्टे वे मुस्कुराना भी भूल जाते। एक बार ड्राइंग मास्टर और संस्कृत के पंडितजी ने उसे कितना जलील किया था। तिमाही इम्तहान की संस्कृत की कॉपियाँ क्लास में दिखाई गई थीं। क्लास में अनुपस्थित रहने के कारण पप्पू अपने नम्बर नहीं देख पाया था। दूसरे दिन वह इंटरवल में टीचर्स-रूम में गया। पंडितजी एक कोने में कुर्सी खींचकर ड्राइंग मास्टर से बातें कर रहे थे। वह चुपचाप जाकर उन दोनों के पास खड़ा हो गया। उसके सर पर आ खड़े होने से पंडितजी को कुछ असुविधा महसूस हुई तो उन्होंने अनिच्छा से उसकी तरफ देखा। उसका मन्तव्य जानकर वे झुंझलाहट से उठे और अपनी आलमारी खोलकर कॉपियों का बंडल निकाल लाए और उसे थमा दिया। उसने चुपचाप कॉपियों के बंडल में से अपनी कॉपी ढूँढ़ी और बाकी बंडल एक तरफ रख दिया। बमुश्किल वह पास हुआ था। उसकी पीली आँखें और ज्यादा उदास लगने लगी थीं। वह चुपचाप अपनी कॉपी के पन्ने उलटता रहा और मन-ही-मन अलग-अलग प्रश्नों पर मिले अंकों को जोड़कर कॉपी के कवर पर मिले प्राप्तांकों से मिलान करता रहा। अचानक उसे लगा कि पंडितजी बात छोड़कर, एकटक उसी की तरफ देखने लगे हैं।

'तुम्हारी आँखें इतनी निस्तेज क्यों हैं, जी ! लगता है पीलिया के मरीज हो।'

'पीलिया-वीलिया कुछ नहीं है। आजकल के लड़के आपके जमाने के तो हैं नहीं। इसी उम्र में न जाने कौन-कौन-सी कुटेव पाल लेते हैं।'

ड्राइंग मास्टर ने हल्के से पंडितजी को आँख मारी तो पप्पू पूरी तरह से रुआँसा हो उठा। उसने बड़ी मुश्किल से अपनी कॉपी बंडल के ऊपर रखी। उसे फिर से रस्सी से बाँधा और पंडितजी के सामनेवाली मेज पर रख दिया। पंडितजी ने शायद उसका मन रखने के लिए कहा, 'अरे नहीं, ये तो

सीधा-साधा लड़का है। इसमें इसकी गलती भी क्या है। आजकल के लड़कों को घी, दूध तो खाने को मिलेगा नहीं, आँखें पीली नहीं होंगी तो क्या उनसे तेज बरसेगा ?'

'आप भी पंडितजी...'

इसके बाद पूरा वाक्य सुनने के लिए पप्पू वहाँ नहीं रुका। पीछे से आती हुई ड्राइंग मास्टर और संस्कृत के पंडितजी की हँसी उसकी पीठ से टकराकर उसके मन में शर्म और पीड़ा के दंश चुभोती रही।

पप्पू को ड्राइंग मास्टर से नफरत है। एक बार तिमाही के नम्बर बताने के लिए उसे उन्होंने अपने घर बुलाया। घर पर कैसा गन्दा काम उसके साथ करना चाहते थे। पप्पू रोने लगा और उसने प्रिंसिपल साहब से शिकायत करने की धमकी दी, तब कहीं उसे छुटकारा मिला। तब से, ड्राइंग मास्टर कोई भी मौका मिलते ही उसे जलील करने से नहीं चूकते। उसने कई बार सोचा कि क्लास के लड़कों को ड्राइंग मास्टर की बदमाशी बता दे लेकिन हमेशा यह सोचकर चुप लगा जाता कि लड़के उसी को चिढ़ाएँगे।

बाद में जब उसके अनिल दादा से ताल्लुकात बन गए थे; तब उसने एक दिन उसे बताया था। एक बार जब फिर ड्राइंग मास्टर ने उसे अपने घर बुलाया तो पप्पू अनिल को साथ लेकर गया। अनिल की दादागीरी से स्कूल के लड़के ही नहीं, अध्यापक तक वाकिफ थे। उसने ड्राइंग मास्टर को उसके घर पर माँ-बहन की खूब गालियाँ दी थीं, तब से फिर उसने पप्पू को परेशान नहीं किया।

बहस में बार-बार पप्पू का नाम लेने से अनिल चिढ़ गया। उसने दो-तीन गालियाँ हवा को दीं। साथ बैठे लड़के समझ गए और उन्होंने फौरन बात का विषय बदल दिया।

पप्पू ने थोड़ा आश्वस्त महसूस करते हुए अपने को घास पर फैला दिया। धूप अब तेज हो गई थी और सीधी उसकी आँखों पर पड़ रही थी। धूप से बचने के लिए उसने एक हाथ आँख पर रख लिया।

लेटे-लेटे बगल में हो रही उत्तेजित बहस के स्वर धीरे-धीरे अस्पष्ट होने लगे। वह ऊँघते-ऊँघते झपकियाँ लेने लगा।

जब अनिल ने झिंझोड़कर उसे उठाया तो धूप उस हिस्से से सरककर थोड़ी दूर जा बैठी थी। पप्पू समझ गया कि सिनेमा का वक्त हो गया था। वह चुपचाप उठकर अनिल के साथ पार्क से बाहर निकल गया।

जब वे सिनेमा हाल पर पहुँचे तो मिस्त्री टिकटें खरीदकर उनका इन्तजार

कर रहा था। सिनेमा शुरू होने में थोड़ा वक्त था लेकिन वे अन्दर जाकर बैठ गए। बाहर पप्पू और अनिल दोनों को घर के किसी आदमी द्वारा देखे जाने का खतरा था। हाल में सबसे अगली सीट से सिर्फ एक सीट पहले उन्हें जगह मिली। इतना आगे बैठने से पप्पू की आँखें दर्द करने लगती हैं, लेकिन मजबूरी थी क्योंकि फिल्म मिस्त्री दिखा रहा था। अगर वह कुछ कहता है तो वे दोनों उसका मजाक उड़ाएँगे और हो सकता है कि पीछे का टिकट खरीदने के लिए उसी से कुछ पैसा माँगने लगें।

हाल की बत्ती गुल होते ही मिस्त्री और अनिल ने उसे परेशान करना शुरू कर दिया। अनिल को झेलने की तो उसकी आदत थी लेकिन मिस्त्री की हरकतों से उसे जुगुप्सा होने लगी। बिना अगल-बगल का ध्यान किए, वह उसके गाल पर हाथ फेर रहा था और बीच-बीच में चिकोटी काट लेता था। उन दोनों ने पप्पू को बीच में बैठा रखा था, इसलिए वह उठकर कहीं जा भी नहीं सकता था। जब केवल अनिल होता था तो उसकी हरकतों से बेखबर पप्पू सिनेमा में दिलचस्पी लेने की कोशिश करता लेकिन मिस्त्री तो कुछ ज्यादा ही फूहड़ था। उसे अगल-अगल के लोगों की जरा भी परवाह नहीं थी। उसने पप्पू का बायाँ हाथ लगभग खींचते हुए अपनी जाँघों के बीच रख लिया। पप्पू ने छुड़ाने के लिए कई बार जोर लगाया लेकिन मिस्त्री अपने दाहिने हाथ से उसे दबाए रहा। पप्पू ने हार मानकर अपना हाथ वहीं छोड़ दिया और चुपचाप फिल्म देखने लगा। शायद उन दोनों में ऐसा समझौता हो चुका था, इसलिए अनिल ने थोड़ी ही देर में अपने को फिल्म में डुबो दिया और पप्पू को मिस्त्री के लिए छोड़ दिया। पप्पू ने भी अपना ध्यान उधर से हटाकर पूरी तरह से फिल्म में लगा दिया। लेकिन यकायक उसे अपने हाथ में चिपचिपाहट महसूस हुई। उसने घिन्नाकर अपना हाथ पीछे खींच लिया। मिस्त्री ने भी फिर से उसका हाथ नहीं खींचा। तीनों चुपचाप फिल्म देखते रहे।

इंटरवल की रोशनी होते ही अनिल और मिस्त्री एक-दूसरे की तरफ देखकर मुस्कुराए। पप्पू शर्म में डूबा परदे की तरफ देखता रहा और फिर झटके से उठकर बाहर निकल गया। बाहर वह निरुद्‌देश्य सड़क पर आने-जानेवालों को देखता रहा। उसके पीछे-पीछे वे दोनों भी बाहर निकल आए। पप्पू एक खम्बे की आड़ में था इसलिए वे उसे नहीं देख पाए। पप्पू भीड़ के पीछे होता हुआ पेशाबघर में घुस गया। हाल के अन्दर वह तभी घुसा जब पूरी तरह अँधेरा हो गया था। इधर-उधर टकराते हुए वह अपनी

सीट पर पहुँच गया।

पिक्चर खत्म होने पर अनिल और मिस्त्री ने अपनी साइकिलें निकालीं और पप्पू के साथ भीड़ में धीरे-धीरे पैदल ही चलने लगे। भीड़ खत्म होते ही मिस्त्री ने पप्पू को अपनी साइकिल के आगे बैठा लिया और तीनों एक तरफ चल दिए। पप्पू जानता था कि वे कहाँ जा रहे हैं। अँधेरा हो जाने पर अनिल हमेशा उसे नार्मल स्कूल के मैदान में ले जाता था। आज भी वे वहीं जा रहे थे। नार्मल स्कूल के मैदान में पहुँचकर उन्होंने साइकिलें एक किनारे खड़ी कीं। अनिल साइकिलों के पास रुक गया और मिस्त्री पप्पू को लेकर मैदान की दूसरी तरफ चला गया। थोड़ी देर में मिस्त्री साइकिलों के पास लौट आया और अनिल पप्पू की तरफ चला गया। थोड़ी देर में दोनों लौट आए।

साइकिलों पर सवार होकर वे मिस्त्री के घर की ओर चले। उसका घर गली में था। उन दोनों को गली में बाहर खड़ा करके मिस्त्री अन्दर चला गया और थोड़ी ही देर में बाहर निकलकर उसने उन्हें इशारा किया। वे उसके पीछे-पीछे गली के अँधेरे कोने की तरफ बढ़ गए। अँधेरे में रुककर उसने पप्पू को अपने और करीब आने का इशारा किया। पप्पू और अनिल दोनों उससे सटकर खड़े हो गए। मिस्त्री ने बड़े रहस्यमय ढंग से कमीज उठाकर पैंट में खुँसी कोई चीज निकाली और अनिल की तरफ बढ़ा दी। अँधेरे में अनिल देख नहीं पाया लेकिन रोमांच और कौतूहल से उसने हाथ बढ़ाकर उस चीज को थाम लिया। लोहे की, लगभग एक फुट लम्बी और बेढंगी-सी चीज थी जिसे हाथ में लेने पर पप्पू को निराशा ही हुई। फिल्मों में देखी हुई पिस्तौलों जैसी चीज देखने की उसकी इच्छा को इस भोंडी चीज को हाथ में लेने पर काफी धक्का लगा लेकिन उसने अपनी निराशा को एकदम से जाहिर नहीं किया। पिस्तौल अब उसके हाथ से अनिल ने ले ली थी। मिस्त्री उसे खोलने, गोली भरने और चलाने के बारे में बता रहा था। उसके बताने के ढंग से पप्पू थोड़ा आश्वस्त हुआ। उसे लगा मिस्त्री कोई खिलौना नहीं, बल्कि सचमुच की पिस्तौल दिखा रहा है। उसने एक बार फिर अनिल के हाथ से पिस्तौल ले ली और उत्सुकता के साथ उसके एक-एक पुर्जे को समझने लगा। उसे लगा कि अब शंकर के यहाँ डकैती कोई रोक नहीं सकता।

दो-तीन लोग उधर ही आ रहे थे। मिस्त्री ने झपटकर पप्पू के हाथ से पिस्तौल छीन ली और जल्दी से कमीज उठाकर अपने पैंट में खोंस ली। तीनों एक-दूसरे से थोड़ी दूरी बनाए हुए, मिस्त्री के घर तक आए। वहाँ पप्पू को

अलग छोड़कर अनिल और मिस्त्री आपस में कुछ फुसफुसाते रहे और फिर मिस्त्री उन दोनों को छोड़कर अपने घर में घुस गया।

'चलो--!' अनिल साइकिल पर चढ़कर, गली के बाहर की तरफ बढ़ चला। पप्पू जरा सा दौड़कर कैरियर पर बैठ गया। साइकिल हलके से डगमगाई, फिर सन्तुलित होकर गली के बाहर निकल आई।

बाहर रात काफी गहरा गई थी। सड़कें करीब-करीब सूनी हो गई थीं। जाड़े में तो वैसे ही जल्दी वीरानी छा जाती है और फिर इस समय तो करीब-करीब आठ बज रहे थे। सर्दी अपने पूरे चढ़ाव पर थी। अनिल ने तो पूरी बाँह का स्वेटर पहन रखा था लेकिन पप्पू बिना स्वेटर के था। सवेरे वह बिना स्वेटर पहने निकल पड़ा था और तब से एक बार भी घर नहीं गया था। अभी तक सिनेमा हाल और गली के अन्दर की गर्मी ने उसे स्वेटर की कमी को महसूस नहीं होने दिया था लेकिन अब, जब उनकी साइकिल भीड़भाड़ से निकलकर सूनी सड़क पर आ गई थी, उसके दाँत सर्दी के मारे आपस में बजने लगे थे। गनीमत थी कि वह पीछे कैरियर पर बैठा था इसलिए हवा सीधे उससे नहीं टकरा रही थी, फिर भी अनिल के जिस्म की आड़ से बचकर आनेवाली हवा इस कदर तीखी थी कि कैरियर पर बैठा-बैठा वह दोहरा-तिहरा होता जा रहा था। हाथों की कोहनियाँ सीने से बाँधे, हर पल उसे यही लग रहा था कि जरा सी साइकिल लड़खड़ाते ही उसका सन्तुलन बिगड़ जाएगा और वह गिर पड़ेगी लेकिन किसी तरह अपने को गिरने से बचाए रखकर, उसने सफर पूरा किया।

शायद अनिल को भी ठंडक लग रही थी। वह बार-बार अपनी हथेलियाँ हैंडिल से हटाकर पैंट से रगड़ने लगता था। हर बार साइकिल का सन्तुलन बिगड़ता और ऐसा लगता कि अब गिरे, तब गिरे। सर्द और जमे हुए कोहरे को चीरते हुए वे लोग अपने मुहल्ले के पार्क तक पहुँचे। पार्क पूरी तरह सूना था, केवल सीताराम की दुकान पर रोशनी दिखाई दे रही थी। अनिल ने पप्पू को पार्क में चलने का हल्के से इशारा किया लेकिन पप्पू ने एकदम इनकार में सर हिला दिया। अनिल का भी शायद ज्यादा मन नहीं था या शायद सर्दी का असर था, उसने ज्यादा आग्रह नहीं किया। दोनों ने हाथ के इशारों से एक-दूसरे से विदा ली और अनिल साइकिल पर चढ़कर चला गया।

पप्पू जहाँ खड़ा था, वहाँ अँधेरा था। अभी घर जाने से कोई फायदा नहीं था। अभी मुंशीजी जग रहे होंगे। वह ठंड में ठिठुरता वहीं खड़ा सोचता

रहा कि क्या करे कि तभी उसे एक रिक्शे पर विनोद, मुंशीजी और त्रिवेणी आते दिखाई दिए। उनका रिक्शा थोड़ी देर के लिए एक लैम्प-पोस्ट के नीचे के उजाले की परिधि में आ गया था। पप्पू और भी ज्यादा अँधेरे में दुबक गया। वे तीनों इस कदर अपने में खोए हुए थे कि उन्होंने पास से गुजरते हुए भी पप्पू को नहीं देखा। त्रिवेणी के जाने का मतलब था कि पप्पू और काफी देर तक घर नहीं जा सकता। वह सड़क पर इधर-उधर निरुद्देश्य भटकने लगा।

जैसे उनके दिन फिरे

दो कमरे, एक छोटे से बरामदे, लगभग उतने ही बड़े एक आँगन, एक रसोई और आँगन के कोने में पुरानी ईंटों और टाट के टुकड़ों से घेरकर बनाई गई पाखाना नामक जगह को मिलाकर जो मकान की शक्ल की चीज बनती है, उसे मोहल्लेवाले और बाहरी लोग मुंशीजी के घर की संज्ञा देते हैं। एक जमाने में इस मकान के बाहरी दरवाजे पर एक तख्ती लगी रहती थी, जिस पर मुंशीजी का नाम--रामानुज लाल श्रीवास्तव, बड़ी शान से लिखा हुआ था। वक्त की मार ने इस मकान में बसे हुए घर के साथ जो ज्यादतियाँ की थीं, उनमें से एक यह भी थी कि उस तख्ती पर लिखे गए अक्षर धीरे-धीरे धुँधलाते गए और एक दिन जब उस तख्ती को बिना बहुत करीब आए पढ़ पाना लगभग असम्भव हो गया था; मोहल्ले के लड़कों ने उसे नोंचकर होलिका में जला दिया। शायद वह तख्ती मुंशीजी की सबसे बड़ी पहचान थी क्योंकि उसके गायब होते ही अब मुंशीजी सिर्फ मुंशीजी रह गए हैं। मोहल्ले के अधिकांश लोग तो भूल भी गए थे कि उनका असली नाम रामानुज लाल श्रीवास्तव है। बहरहाल नाम में क्या रखा है। मुसीबत की जड़ तो ईंट-गारे से निर्मित यह आकार था जिसमें कई साल पहले मुंशीजी का परिवार आकर बसा था और यह उस समय उनका घर बन गया था। पता नहीं कैसे, क्या

हुआ कि अचानक यह मकान फिर से मकान बन गया और उसमें निहित घर तत्त्व धीरे-धीरे अनुपस्थित होने लगा और पिछले कुछ सालों में तो एकदम अनुपस्थित हो गया है। इस घर के प्राणियों ने भी इस तथ्य को पूरी तरह से स्वीकार कर लिया था। एक ही मकान की छत के नीचे रहते हुए वे एकदम एक-दूसरे से कट गए थे। नदी के अलग-अलग द्वीपों की तरह पड़े हुए वे संवादहीनता की ऐसी अन्धी सुरंग में प्रवेश कर गए थे जहाँ अपने सिवा परिवार के किसी भी सदस्य का न तो स्पर्श परिचित था और न ही स्वर।

ऐसा कैसे हुआ ? आखिर क्यों, एक भरा-पूरा घर सिर्फ ईंट-गारे के मकान में तब्दील होकर रह गया ? घर शब्द से जुड़ी ऊष्मा एकाएक कैसे वाष्प बनकर उड़ गई। जाहिर है इन सवालों का जवाब यह निर्जीव मकान नहीं दे पाएगा, भले ही इस परिवार के एक-एक सदस्य से इसका पुराना परिचय रहा है। इस सवाल का जवाब अगर मुंशी रामानुज लाल श्रीवास्तव प्रधानाध्यापक से उनके जवानी के दिनों में माँगा जाता तो आदतन वे चाक लिये ब्लैकबोर्ड की तरफ बढ़ जाते और उनकी उँगलियाँ ब्लैकबोर्ड पर क्रम से लिखतीं, ऐतिहासिक—और शायद तभी वे ठिठककर खड़े हो जाते। उन्हें अहसास हो जाता कि वे किसी राजवंश के नहीं बल्कि अपने ही घर के बिखराव के कारणों पर प्रकाश डालने के लिए खड़े हुए हैं। इसमें कोई शक नहीं कि मुंशीजी का परिवार हिन्दुस्तान के लाखों-लाख सामान्य परिवारों में से एक ही है और उसके बिखराव के वे कारण नहीं हो सकते जो किसी राजवंश के हो सकते हैं। फिर भी थोड़ी देर के लिए इस ढंग से सोचने में कोई हर्ज भी नहीं।

इतिहास के किसी अध्येता को अगर मुंशी रामानुज लाल-वंश के पतन के ऐतिहासिक कारणों का विश्लेषण करने का काम सौंप दिया जाए तो शायद उसका दिमाग चकरघिन्नी खा जाएगा। मुंशीजी के परिवार का इतिहास खोजना एवरेस्ट पर चढ़ने से ज्यादा मुश्किल काम साबित होगा। इस मुल्क के असंख्य परिवारों की भाँति इस परिवार का भी मुश्किल से दो पीढ़ियों का इतिहास है। मुंशीजी के पिता किसी जमींदार के कारकुन थे और उसी हैसियत से उन्होंने गाँव में थोड़ी बहुत जमीन खड़ी कर ली थी। जमींदारी खत्म होने के बाद कारकुन के रुतबे से जुड़े नजराना, सम्मान और बेगार भी समाप्त हो गए। केवल जमीन का भरोसा रह गया। उस जमीन के दावेदार थे चार भाई और तीन बहनें। दो बहनों की शादी मुंशीजी के पिता ने जमींदारी उन्मूलन के पहले धूमधाम से की थी। तीसरी की शादी का नम्बर आते-आते

जमींदारी खत्म हो गई, लिहाजा मुफ्त की शान-शौकत की कोई उम्मीद नहीं बची। सब कुछ अपने टेंट से खर्च करके करना था। मुंशीजी के पिता अपने को खानदानी रईस कहा करते थे, हालाँकि उनकी सारी रईसी उन्हीं की पीढ़ी की उपज थी। इसलिए उन्होंने अपनी जमीन का कुछ हिस्सा बेचकर अपनी तीसरी लड़की पहले जैसी धूमधाम से ब्याही। मुंशीजी तो घर-द्वार के मामले में तटस्थ रहा करते थे लेकिन उनके और भाइयों ने इस फिजूलखर्ची का जमकर विरोध किया। पिता और पुत्रों में खूब चखचख हुई। मुंशीजी भाइयों में सबसे बड़े थे और उनकी शादी हो चुकी थी। उन्हें जल्दी ही यह अहसास हो गया कि वे न तो पत्नी को साथ लेकर उस संयुक्त परिवार में रह सकते हैं, और न ही गाँव में उनके परिवार के पास इतनी जमीन ही बची थी कि पूरे परिवार का उसमें गुजारा हो सके। अपने भाइयों में वे अकेले संजीदा किस्म के इंसान थे लिहाजा थोड़ा-बहुत पढ़ लिए थे। उस पढ़ाई से, उस जमाने में प्राइमरी स्कूल की मुदर्रिसी मिल सकती थी। बाप के लाख विरोध करने पर भी उन्होंने वही हासिल की और चुपचाप गाँव छोड़कर चले गए। दो-एक साल अकेले रहे, फिर एक दिन आकर पत्नी को भी साथ लेते गए। जब तक पिता जीवित रहे, साल-छह महीने पर गाँव आते रहे। उनके मरने पर विवाह-शादी तक उनका आगमन सीमित रहा और बाद में वह भी खत्म हो गया। अब तो शायद उन्हें याद भी नहीं होगा कि पिछली बार गाँव कब गए थे ! अगर यहीं तक बात होती तो शायद इतिहास को उनकी घटनाविहीन, एकरस जिन्दगी में घुसपैठ करने का मौका नहीं मिलता। लेकिन एक दिन अचानक यही इतिहास उनके घर पर चढ़कर बोलने लगा। रिटायरमेंट करीब आ गया। उनके विद्यालय में इत्तेफाक से दो अध्यापक और ऐसे थे जो जल्दी ही रिटायरमेंट पानेवाले थे। उनके बीच में अकसर ऐसी बातें होती रहती थीं जो इस स्थिति को पहुँचे लोगों के बीच होनी चाहिए। मसलन लड़कों में से कुछ के नौकरी या व्यापार में सेटिल हो जाने का सुख, कुछ के अवारा निकल जाने का दुःख, रिटायरमेंट के बाद खोली जानेवाली परचून की दुकान या अभी से तय किए ट्यूशनों की संख्या, पुराने मकान की मरम्मत या नए मकान का निर्माण। मुंशीजी काफी दिनों तक इन बहसों से अपने को काटते रहे। शायद यह अहसास कि कुछ दिनों बाद वे एकदम से खाली हो जाएँगे, उन्हें काफी खौफनाक लगता था। इस विषय पर बातचीत से बचकर शायद वे इस अहसास से बचना चाहते थे। लेकिन जल्दी ही वह दिन आ गया जब उन्हें लगा कि उन्हें भी कुछ-न-कुछ सोचना पड़ेगा और उन्होंने सोचना

और बातचीत में शरीक होना शुरू कर दिया। विनोद, पप्पू और राजकुमारी तीनों अभी पढ़ रहे थे। विनोद अपने हमउम्र दूसरे लड़कों के मुकाबले ज्यादा संजीदा और जिम्मेदार लगता था, इसलिए मुंशीजी को उसके बारे में बहुत सोचने की जरूरत नहीं थी। उसके रिटायर होने तक कहीं-न-कहीं लग ही जाएगा। राजकुमारी की शादी के लिए प्राविडेंट फंड में जमा धन काफी था। थोड़ा-बहुत भाइयों से ले लेंगे। आखिर इतने दिनों तक उन्होंने अपने हिस्से की उपज में से एक धेला नहीं लिया था। पप्पू अभी छोटा था, काफी दिनों तक उनके साथ रहेगा। उसकी पढ़ाई और दूसरे खर्चों के लिए पेंशन थी, ट्यूशनों पर एक बार फिर से जुट जाने लायक शरीर और मन था तथा गाँव-घर से अब नियमित रूप से कुछ-न-कुछ मिल पाने का विश्वास था। सिर्फ एक मसला था, मकान का। औसत निम्न मध्यवर्गीय हिन्दुस्तानी की तरह उनकी जिन्दगी का बहुत बड़ा सपना था, अपना मकान। छोटा ही सही लेकिन ईंट-गारे और सीमेंट की एक ऐसी इमारत जिस पर उनका अपना निजी स्वामित्व हो। बाप-दादों के मकान में लौटना अब असम्भव था। एक तो भाइयों के परिवार बड़े हो गए थे, दूसरे उनके परिवारों के आपस के झगड़ों को सुन-सुनकर मुंशीजी की इतनी हिम्मत भी नहीं बची थी कि उस नरक में वे खुद भी जाकर कूद पड़ते। इतना तो तय हो गया कि वे अपना अलग मकान बनाएँगे लेकिन कहाँ ? यहीं से इतिहास की दखलन्दाजी शुरू हो गई। बावजूद इसके कि उन्होंने कायस्थ परिवार में जन्म लिया था, दुर्भाग्य से हिन्दुस्तान के किसी कोने में उनके नाम पर कुछ जमीन थी। इसलिए तमाम उम्र नौकरी करने के बाद भी वे और बहुत से कायस्थों की तरह जड़-विहीन नहीं हो पाए थे। हालाँकि वर्षों से अपने गाँव नहीं गए थे लेकिन किसी के यह पूछने पर कि आप कहाँ के रहनेवाले हैं बेसाख्ता उनके मुँह से निकलता,—तहसील पट्टी, जिला प्रतापगढ़। उनके बच्चों में विनोद को छोड़कर किसी की स्मृति में गाँव की कोई ठोस तस्वीर नहीं थी, फिर भी वे जवाब यही देते थे। उनकी कहीं कोई पैतृक जमीन नहीं है, कोई विरासत नहीं है, यह कल्पना भी उनके लिए असह्य थी। इसलिए काफी सोच-विचारकर उन्होंने यही तय किया कि वे गाँव में ही रहेंगे लेकिन अपना अलग मकान बनाकर।

पैतृक मकान के सामने थोड़ा सा सहन खाली पड़ा था जहाँ उनके पिताजी ने अपने लड़कों और गाँव के दूसरे लड़कों को खेलने के लिए वालीबॉल का कोर्ट बनवाया था। मुंशीजी ने अपनी कल्पना में उसी जमीन को अपने मकान

के लिए चुन लिया। तारा को अपनी इस योजना के लिए तैयार करना मुश्किल था। अपनी लड़ाकू देवरानियों के साथ रहने और वर्षों की अभ्यास बनी छोटी-मोटी शहरी सुविधाओं को त्यागने की बात उसके गले के नीचे नहीं उतर रही थी। फिर पप्पू की पढ़ाई का मसला भी था। मुंशीजी ने घंटों, महीनों उससे बहसें कीं। अन्त में सिर्फ एक तर्क ने उन्हें विजय दिलाई। शहर में कहीं मकान बनवाने पर जमीन की कीमत भी चुकानी पड़ती। जमीन जितनी महँगी थी, उसके लिहाज से तो मकान बनवाना उनके बूते के बिल्कुल बाहर ही था। गाँव में जमीन का पैसा नहीं देना था। दो-तीन कमरे बनवाने भर का पैसा प्राविडेंट-फंड से निकाला जा सकता था। शुरू में दो-तीन कमरे भी निकल आएँ तो धीरे-धीरे बनवाते ही रहेंगे। हालाँकि इस तर्क से भी तारा बहुत ज्यादा आश्वस्त नहीं थी। उसने बार-बार समझाया कि भाई-भौजाई किसी दिन धोखा दे देंगे लेकिन मुंशीजी नहीं माने। प्राविडेंट-फंड का लगभग आधा रुपया निकालकर उन्होंने मकान बनाने में लगा दिया। दो पूरे और एक आधा कमरा निकल भी आया। अभी रिटायर होने में पूरा एक साल बाकी था इसलिए मुंशीजी ने सबसे छोटे भाई को मकान की चाभी और देखभाल का दायित्व सौंपा और वापस चले आए। उसके बाद वह मकान भाइयों का हो गया। मुंशीजी न फौजदारी कर सकते थे और न मुकदमेबाजी। अतः किराए का मकान लेकर तारा के व्यंग्य-बाणों को झेलते हुए चुपचाप पटा गए। पता नहीं इतिहास के विद्वानों को दक्षिण में फतह हासिल करने गए किसी मुगल शाहजादे को दिल्ली की गद्‌दी से भाइयों द्वारा वंचित किए जाने के किसी षड्‌यन्त्र से इस घटना का कोई साम्य दिखे या न दिखे मुंशीजी जैसे आदमी के लिए तो यह दिल्ली का तख्त खो देने से ज्यादा महत्त्वपूर्ण घटना थी।

इतिहास के इसी दबाव के कारण मुंशी रामानुज लाल श्रीवास्तव अपने गाँव से इतने दूर, किराए के इस मकान में पड़े हुए थे और यह मकान जिसे उन्होंने कभी घर का दरजा देने की कोशिश की थी, एक बार फिर से मकान बनकर रह गया था। पिछले कई सालों से मुंशीजी और उनका परिवार इस मकान में रह रहे थे। इसी मकान में तारा मरी थी। विनोद और राजकुमारी जवान हुए और देखते-देखते मुंशीजी बुड्‌ढे हो गए थे, इस मकान के साथ इस परिवार के हर सदस्य की असंख्य खट्‌टी-मीठी यादें जुड़ी हैं। पहले जब यह परिवार नया-नया आकर बसा था, बावजूद भाइयों की धोखाधड़ी के, मुंशीजी में कितनी ढेर सारी जिजीविषा शेष थी। रिटायर होने में अभी कुछ

महीने शेष थे। मुंशीजी और तारा ने नए सिर से भविष्य के बारे में सोचना शुरू कर दिया था। किसी भी कोण से सोचने पर भविष्य अन्धकारमय नहीं लगता था। मुंशीजी एक बार फिर से कमर कसकर ट्यूशनों के लिए तैयार हो गए थे। राजकुमारी की शादी के लिए प्राविडेंट-फंड में रुपया था ही, बस विनोद की नौकरी लगने की देर थी। बाप-बेटे जल्दी ही इस लायक हो जाएँगे कि न सही गाँव में, इस शहर में ही एक छोटा-मोटा मकान जरूर बनवा लेंगे। जीवन की सन्ध्या में पहुँचे हुए मुंशीजी थके नहीं थे। उस समय उन्होंने दोगुने वेग से जिन्दगी में दिलचस्पी लेनी शुरू कर दी थी। विनोद, पप्पू और राजकुमारी की पढ़ाई हो या तारा की सेहत, हर चीज का पहले से ज्यादा ध्यान रखते। सवेरे उठते, बच्चों को जगाकर पढ़ने बैठाते, घर की सफाई करते, दूध लेने जाते और सुबह की धूप में गर्मी आते-आते ट्यूशन पर निकल जाते। तारा लाख समझाती कि अब उनकी देह इतनी महनत बर्दाश्त नहीं कर सकती लेकिन वे नहीं मानते। शायद भाइयों के धोखों से चोट खाया मन दूसरी तरह से अपने को आश्वस्त करना चाहता था। वे लगातार अपने को व्यस्त रखकर इस चोट को भूल जाना चाहते थे। इसके लिए सबसे आसान और बेहतर तरीका शायद यही था।

इस मकान और मुंशीजी की जिजीविषा में सीधा-सा सम्बन्ध था। शुरू के वर्षों में जब उनमें जीवन के प्रति आकर्षण और मोह शेष था तो वे इस मकान के रख-रखाव में भी दिलचस्पी लेते थे। लगभग हर महीने किराया देते समय मकान मालिक बड़े बाबू से छोटी-बड़ी तकलीफों की शिकायत करते थे—कभी वर्षों से पुताई न होने की, कभी छत के चूने की और कभी किसी खिड़की-दरवाजे के टूट-फूट की। ज्यादातर बड़े बाबू टाल जाते या झूठे आश्वासनों से टरका देते और कभी थोड़ा-बहुत काम करा भी देते। अपनी छोटी तनख्वाह के बावजूद मुंशीजी पुताई-उताई तो कभी-कदा खुद भी करा देते। कोई बड़ा काम न कभी मकान मालिक ने कराया और न मुंशीजी करा पाए। कितनी चखचख की थी मुंशीजी ने कि आँगन का एक कोना घेरकर गुसलखाना निकाल दिया जाए और लेकिन हर बार बड़े बाबू कोरे आश्वासनों से फुसला देते। बेचारी तारा और राजकुमारी जाड़ा, गर्मी, बरसात खुले आँगन में, मुँह-अँधेरे नहाती रहीं। जैसे-जैसे मुंशीजी को दिलचस्पी जिन्दगी में कम होती गई, वैसे-वैसे वे इस मकान से भी उदासीन होते गए। मकान के अन्दर-बाहर की टूट-फूट खुद उनके अन्दर-बाहर की टूट-फूट थी। मकान के घर से पुनः मकान में तब्दील होने की यात्रा उनके खुद के आत्मनिर्वासित,

कुंठित और छोटे होते जाने की यात्रा थी।

इस परिवार के लिए असंख्य दिनों की तरह एक दिन और बीत गया था और मकान के छत, दुछत्ती, आँगन और कमरों में एक बार फिर से सन्नाटा जमकर बैठ गया था। रोज ही की तरह एक बार फिर ऐसा हुआ कि परिवार के सभी पुरुष सदस्य दिन-भर न जाने कहाँ-कहाँ से भटकने के बाद थककर वापस लौट आए और मुँह लपेटे, अपने बिस्तरों पर पड़े थे। सभी को पता था कि अभी कोई नहीं सोया है फिर भी रोज की तरह सन्नाटे का नाटक जारी था। सन्नाटा टूटेगा मुंशीजी के खाँसने से, पप्पू के बाहर निकलकर पेशाब करने से या विनोद के ऊबकर चारपाई पर बैठ जाने से—लेकिन क्या सचमुच सन्नाटा ऐसे टूटता है ? वह और भयावह सघनता के साथ चारों प्राणियों के व्यक्तित्व के एक-एक अंश को जकड़ लेता है। अँधेरा भी सन्नाटे की तरह दबे पाँव, चुपके से मकान के विभिन्न हिस्सों में नहीं उतरा था बल्कि किसी धृष्ठ दस्यु-सा, ललकारता-हुँकारता मकान के एक-एक कोने में किसी विजेता-सा घुसकर बैठ गया था। मकान के दो कमरों में सोए हुए प्राणी इस अँधेरे और सन्नाटे के सामने इस कदर निरुपाय और असहाय लग रहे थे, मानो इस पूरी संरचना में उनका कोई अस्तित्व ही न हो और उनकी अस्मिता को धीरे-धीरे कुतरनेवाला यह खूँखार सन्नाटा एकाएक उन पर हमला करके, उन्हें नोच-चोथ रहा हो।

आज की रात का और रातों से फर्क सबसे ज्यादा मुंशीजी महसूस कर रहे थे। हालाँकि रोज ही ऐसा होता था कि मुंशीजी को देर रात गए तक नींद नहीं आती थी, लेकिन आज तो जगने के और भी विशेष कारण थे। रोज मुंशीजी शर्म के महासागर में डूबते-उतराते रहते थे। राजकुमारी की शादी न कर पाने की शर्म, विनोद को आगे पढ़ा न पाने की शर्म, पप्पू पर पूरा ध्यान न दे पाने की शर्म—न जाने क्या-क्या था जो मुंशीजी को पूरी-पूरी रात खामोशी से छटपटाते रहने पर विवश कर देता था। हर रात मुंशीजी को अपने जिन्दा रहने का मकसद खो गया सा लगता था। यह रात-भर धीरे-धीरे मन के एक-एक कोने पर तारी होनेवाली शर्मिन्दगी का ही असर होता था कि मुंशीजी सवेरे अपने ही बच्चों से आँखें चुराने लगते। धीरे-धीरे अपने बच्चों से कटते जाने का यही राज था। आज काफी दिनों बाद मुंशीजी को आश्वस्ति का अहसास हो रहा था। आज से कुछ ही सालों पहले मुंशीजी के लिए विनोद को क्लर्क के रूप में भी सोचना असम्भव था लेकिन कुछ सालों के अन्तर ने कितना बड़ा परिवर्तन ला दिया था। अभाव, अपमान

और उपेक्षा से टूटा हुआ मुंशीजी का मन आज बावजूद इसके कि विनोद को कल से मेठ की नौकरी पर जाना था; हल्का महसूस कर रहा था। एक ही झटके में वे कई चिन्ताओं से मुक्ति पा गए थे। अब न वे बड़े बाबू की परवाह करेंगे और न शंकर की। दोनों कैसी गन्दी निगाहों से राजकुमारी को घूरते हैं ! मुंशीजी हर बार तिलमिलाकर रह जाते हैं लेकिन सिवा खामोश रहने के और कुछ नहीं कर पाते। न तो बड़े बाबू को कुछ कह पाते हैं और न ही राजकुमारी का शंकर की दुकान में जाना बन्द हो पाता है। विनोद की नौकरी का सीधा सम्बन्ध राजकुमारी की शादी से है। इस मामले में मुंशीजी की अब कोई पसन्द नहीं है, दुहाजू-तिहाजू जो मिल जाए, मुंशीजी अब नहीं चूकेंगे। फिर विनोद की शादी–पप्पू की पढ़ाई–विनोद की आगे प्राइवेट पढ़ाई–मुंशीजी का मन तैर रहा है। ऊबड़-खाबड़, कँकरीले रास्तों पर घिसट-घिसटकर लहूलुहान हुआ उनका मन अब आश्वस्ति के नर्म, मुलायम बादलों पर तैर रहा है। मुंशीजी आज की रात भी काफी देर तक जागेंगे लेकिन जाहिर है कि आज के जागरण का मकसद कुछ दूसरा ही होगा।

उसी कमरे में एक और शख्स जग रहा है। आज के घटनाक्रम का केन्द्र-बिन्दु। उसे मालूम है कि इस भसकते हुए घर की मजबूती के लिए उसकी कुर्बानी कितनी जरूरी है। हालाँकि औसत निम्न मध्यवर्गीय नौजवान की तरह बार-बार वह अपनी आज की हरकत को त्याग और बलिदान जैसे बड़े-बड़े शब्दों के साथ जोड़कर अपने को जबर्दस्ती शहीद महसूस करने की कोशिश कर रहा है लेकिन किसी-न-किसी जगह पर किरकिरी है जरूर जो कहीं-न-कहीं उसे चुभ जाती है। इसी चुभी फाँस को निकालने के लिए वह कितना बेचैन है लेकिन यातना की सुरंग इतनी अन्धी है कि उसमें सिवाय सर टकरा-टकराकर लहूलुहान हो जाने के निकल भागने का कोई रास्ता नहीं है। बार-बार एक नपुंसक आक्रोश उसके मन में भर जाता है, आखिर उसने मना क्यों नहीं कर दिया ? मना कर पाता वह ? शायद इसी प्रश्न के उत्तर में उसकी वेदना का हल छिपा है लेकिन वह जानबूझकर इसके उत्तर से साक्षात्कार करने से आँखें चुरा रहा है। पिछले कितने सालों से वह बहुत सारी चीजों से आँखें चुराता आया है। बेकारी ने उसके आत्मविश्वास को इस कदर खंडित कर दिया है कि अब फैसले का कोई भी क्षण उसके लिए भारी पड़ने लगता है और वह हमेशा बिना विरोध के दूसरों का थोपा निर्णय स्वीकार कर लेता है। बचपन में मुंशीजी और माँ दूसरे तमाम शहरी माँओं और बापों की तरह उसे अफसर बनाने की बातें किया करते थे लेकिन विनोद

तमाम शहरी लड़कों के मुकाबले ज्यादा समझदार निकला। अपने समवयस्क और समान आर्थिक पृष्ठभूमिवाले लड़कों के मुकाबले उसने ज्यादा जल्दी यह बात समझ ली कि अफसर बनने के लिए जिन चीजों की जरूरत थी, वह उसे मुंशीजी मुहैया नहीं कर सकते। इसलिए उसने सपने देखने की उम्र में ही सपने देखना बन्द कर दिया था। लेकिन फिर भी उसने मझोले दर्जे की नौकरियों की बात सोची थी, मसलन किसी डिपार्टमेंट की इंस्पेक्टरी, सुपरवाइजरी या हद से हद क्लर्की। इतनी भाग-दौड़ के बाद मिली भी तो पी.डब्ल्यू.डी. में मेठ की नौकरी। घबराकर उसने करवट बदल ली। किस मुँह से वह आज रात बिन्नी को बताएगा ! आज रात वह छत पर जाएगा ही नहीं--उसने कई बार सोचा लेकिन हर बार उसने अपने को कमजोर पाया। उसे पता है, वह जाएगा जरूर। सिर्फ एक बिन्नी है जिसके सामने मन का सारा गुबार निकालकर वह हल्का हो सकता है। अभी मुश्किल से ग्यारह बजे होंगे। बिन्नी बारह को पहले छत पर आएगी नहीं, लिहाजा एक घंटे और उसे इसी तरह करवटें बदलते और अँधेरे में छत घूरते हुए बिताना पड़ेगा। उसने हल्के से मुंशीजी की तरफ देखा। अँधेरे में मुंशीजी निश्चेष्ट किसी लकड़ी के निर्जीव कुन्दे से पड़े थे लेकिन विनोद को अच्छी तरह पता है कि रोज की तरह आज भी वे जग रहे हैं। आज तो वैसे भी जगने के लिए ज्यादा महत्त्वपूर्ण कारण उनके पास था। वह चुपचाप बारह बजे का इन्तजार करने लगा।

इस कमरे के बाहर एक छोटा सा बरामदा था, जहाँ इस समय सिर्फ सन्नाटा था, अँधेरा था, सवेरे से बिछी हुई एक चटाई थी, दो-तीन पुराने सामानों से भरे कनस्तर थे, आँगन के एक कोने में आधा आगे को झुका, अपने कमर के तनाव से मुक्ति पाने का प्रयास करता हुआ पप्पू था जो काफी देर तक बिस्तर पर उलटते-पुलटते रहने के बाद असह्य हो जाने पर आँगन में भाग आया था। पता नहीं, राजकुमारी को पता चला या नहीं। वह चोरी से मुंशीजी और विनोदवाले कमरे की ओर देखता है। एक दिन वह इसी हालत में था कि यकायक मुंशीजी बाहर निकल आए थे--शायद पेशाब करने के लिए। उसे उस तरह देखकर एकदम हड़बड़ाकर वापस अन्दर कमरे में चले गए। उसके बाद लगातार कई दिनों तक पप्पू मुंशीजी के सामने पड़ने से बचता रहा। उनके उठने के पहले ही वह घर से निकल जाता है और इस बात से आश्वस्त होकर ही घर के अन्दर आता कि वे सो गए हैं।

राजकुमारी उसके बाहर जाने या वापस अन्दर आने से बेखबर उसी तरह दीवार की तरफ करवट लिए सो रही थी। राजकुमारी की रजाई में एक बार फिर से घुसकर लेटने के खयाल से पप्पू की कमर में फिर से तनाव होने लगा। वह चाहता था कि बगल में खाली पड़ी चारपाई पर चादर लपेटकर पड़ रहे लेकिन इससे कोई फायदा नहीं। पहले कई बार वह ऐसा कर चुका है लेकिन हर बार रात में रजाई लिए दिए राजकुमारी उसकी चारपाई पर आ गई है। इसलिए वह चुपचाप राजकुमारी की चारपाई पर लेट गया और प्राण-पण से इस बात का प्रयास करता रहा कि उसका बदन राजकुमारी के बदन की हरारत से अछूता रहे, लेकिन छोटी सी चारपाई की पाटी से सट जाने और रजाई का सिर्फ एक छोटा सा अंश ओढ़ने की कोशिश के बावजूद उसका बदन राजकुमारी के बदन से छू जाता था और उसके कमर का तनाव और कुछ वर्जित सोचने का अपराध-बोध उसके मन में बढ़ता जाता था। वह बार-बार कोशिश कर रहा था कि राजकुमारी की जगह उसकी जेहन में मोहल्ले की किसी दूसरी लड़की या किसी सिने तारिका की तस्वीर उभरे लेकिन हर बार राजकुमारी की ही छाया उसके मन में उभरती थी और हर बार घबराकर वह आँखें खोल देता था। राजकुमारी से कुछ दूर और सरककर वह पाटी पर पहुँच जाता था। थोड़ी देर तक अँधेरे में आँखें फाड़-फाड़कर छत को घूरते हुए, अपने मन में घुस गए गन्दे विचारों से मुक्ति पाने की कोशिश करता लेकिन हर बार आँखें मूँदते ही फिर से वर्जित दुनिया में प्रवेश, उसके पूरे व्यक्तित्व को एक बार पुनः अपराध-बोध से जकड़ लेता।

उसकी तमाम हरकतों से अनभिज्ञ राजकुमारी, एक अलग दुनिया में थी अर्द्धनिद्रित दशा में अनुभव की अजीबो-गरीब स्थिति को झेल रही थी। आज शाम उसने जो अनुभव भोगा था, वह खुमारी की तरह उसके जिस्म पर तारी था। मुंशीजी वगैरह को खाना खिलाते हुए जिस चीज को यह सायास भुलाए हुए थी, वह लेटते ही उसकी चेतना पर एक बार फिर हावी हो गई थी। जब से वह चारपाई पर लेटी है, तब से अपने उसी अनुभव के एक-एक अंश को आधा सोने, आधा जगने की स्थिति में वह बार-बार सोच रही थी। अक्सर रातों को ऐसा हुआ है कि देह के दिलचस्प समीकरण में वह काल्पनिक मर्दों के साथ फँसी है और रात-रात-भर सोते-जागते बेचैन बनी रही है। लेकिन आज तो उसके पास एक ठोस और दिलचस्प अनुभव है और इस अनुभव ने भले ही उसे और ज्यादा अतृप्त बना दिया हो पर भोगे हुए इस अनुभव की लहर में डूबने-उतराने में उसे अजीब-सा मजा आ रहा था। पप्पू के आकर

बगल में लेटने, उठकर आँगन में जाने और फिर लौटकर बगल में लेट जाने से जो खलल पड़ा था उसे पूरी तरह से नजरन्दाज करते हुए वह उसी लहर में डूब-उतरा रही थी। मजे की बात यह थी कि अभी तक वह जिस वर्गीय संकोच और कुंठा से ग्रस्त रहती थी, वह आज शाम से न जाने कहाँ लुप्त हो गया था, और इस समय वह पूरी तरह मुक्त और कुंठारहित थी। देह की दुनिया में प्रवेश ने उसे एकदम से हल्का बना दिया था और इस समय वह न जाने किस अदृश्य लोक की तरफ उड़ जाना चाहती थी।

इस अभिशप्त मकान की छत के नीचे लेटे लोगों के लिए आज की रात महज इस मायने में भिन्न थी कि आज चार में से केवल तीन पूरी तरह जग रहे थे। एक व्यक्ति आधा सोने और आधा जागने की हालत में था जबकि रोज चारों व्यक्ति आधी से ज्यादा रात पूरी तरह जगते हुए बिताते थे। दूसरा फर्क आज की रात यह आया था कि रोज की तरह आज का अँधेरा एकदम से घना और उबाऊ अँधेरा नहीं था बल्कि आज इस अँधेरे की पर्तों के बीच से इस परिवार के कुछ सदस्य उजाले की नहीं-नन्हीं किरणें तलाशने की कोशिश कर रहे थे। खासतौर से मुंशीजी को बहुत दिनों बाद एक कहानी याद आ रही थी। पता नहीं कैसे, इतने दिनों बाद यह कहानी अचानक उन्हें याद आ गई थी। उन्होंने बचपन में इसे नानी के मुँह से सुना था। बचपन में, गर्मियों में आम खाने मुंशीजी ननिहाल जाया करते थे। ननिहाल के जितने मजेदार आम थे, उतनी ही मजेदार थीं नानी की कहानियाँ। अपने और भाइयों के मुकाबले मुंशीजी को आम से ज्यादा उनकी कहानियाँ रास आती थीं। नानी की सुनाई गई कहानियों में से एक आज बार-बार याद आ रही थी। नानी की कहानियों के असंख्य राजाओं में से एक पर अचानक विपदा टूट पड़ती है। राजा का राजपाट बिला जाता है और वह खुद वनवास लेने पर मजबूर हो जाता है। उसकी आशा का एकमात्र केन्द्र है, राजकुमार जो धीरे-धीरे बड़ा हो रहा है। राजा की एकमात्र कन्या का भी दुश्मन अपहरण कर लेते हैं। लेकिन राजकुमार बड़ा होकर अपने पराक्रम से शत्रुओं को पराजित करके अपने पिता को वापस राजगद्दी पर बैठाता है और अपनी बहन को छुटकारा दिलाता है। कहानी खत्म होते-होते अक्सर नानी सोने लगती थीं और कहानी के अन्त में हमेशा पूरी श्रद्धा से एक वाक्य कहती थीं कि जैसे उनके दिन फिरे, वैसे सबके दिन फिरें। आज बार-बार मुंशीजी को यह कहानी याद आ रही है। उन्हें लग रहा है कि पराक्रमी राजकुमार अब बड़ा हो गया है और वह अपने बाप, भाई, बहन सबके दिन

फेरेगा। मुंशीजी बार-बार चाहते हैं कि नानी की तरह उनके चेहरे पर भी सन्तुष्टि की मुस्कान आ जाए और वे भी पूरी श्रद्धा के साथ कहानी के खात्मे पर कामना कर सकें कि जैसे उनके दिन फिरे...लेकिन पता नहीं क्या है कि उन्हें बार-बार लगता है, कहीं इस कहानी में अपने राजपाट के लिए राजा ने राजकुमार को किसी चक्रव्यूह में तो नहीं ढकेल दिया ?

इस ठोस अँधेरे में उजाले की किरण खोजनेवाला दूसरा व्यक्ति विनोद था जो अब तक काफी हद तक तटस्थ हो चुका था और चुपचाप बारह बजने का इन्तजार कर रहा था। करीब आधा घंटा और शेष था। इस बीच विनोद ने मान लिया था कि शाम को हुए महत्त्वपूर्ण फैसले पर उसे खुश होना चाहिए और वह खुश हो गया था। बड़ी देर से वह लेटे-लेटे तरह-तरह से रिहर्सल कर रहा था। बिन्नी के सामने वह कैसे यह खुशखबरी रखेगा ! लेकिन हर बार कुछ-न-कुछ गड़बड़ा जाता था। अँधेरे में कई बार हँसने की कोशिश करते-करते उसे लगता कि वह रो रहा है। लेकिन यह उसका भ्रम था क्योंकि वह खुश था और यह बात अलग थी कि अपनी देखी तमाम हिन्दी फिल्मों के नायकों की तरह बलिदान करने के बाद नायिका के सामने मुस्कुराकर, शहीदों की तरह अपनी बात रखने की अदा बार-बार कोशिश करने पर भी उसके चेहरे पर नहीं आ पा रही थी। बहरहाल वह खुश था और चुपचाप बारह बजने का इन्तजार कर रहा था।

दूर पुलिस लाइन में बजनेवाले घंटे की हल्की-हल्की सी आवाज सुनाई दी। दम साधे बिस्तर पर पड़े-पड़े विनोद ने गिनने की कोशिश की, एक...दो...तीन...चार...लेकिन बीच में उसका धैर्य टूट गया कि वह हड़बड़ाकर अपने ऊपर से रजाई फेंककर चारपाई से नीचे उतर आया। चारपाई की चरमराहट अस्वाभाविक रूप से कमरे के सन्नाटे को बेध गई। विनोद ने घबराकर मुंशीजी की तरफ देखा। मुंशीजी उसी तरह मुँह लपेटे, दीवार की तरफ करवट लिये; निश्चेष्ट जग या सो रहे थे। विनोद ने अँधेरे में टटोलकर चप्पलों में अपने पैर डाले और कमरे के बाहर निकल गया।

मकान का निचला हिस्सा एक बार फिर सन्नाटे और अँधेरे की चादर ओढ़कर, अपने आगोश में छिपे प्राणियों की तरह सोते-सोते जागने या जागते-जागते सोने लगा। मकान के ऊपरी हिस्से में पता नहीं कौन-सा नाटक शुरू हो गया था कि नीचे लेटे-लेटे मुंशीजी को बेचैनी होने लगी। उन्हें विनोद के उठकर जाने का पता चल गया था और वे यह भी जानते हैं कि विनोद बीच-बीच में रात को उठकर कहीं चला जाता है लेकिन कई बार टोकने

की बात सोचकर भी वे कभी कुछ नहीं कह पाए। आज उसके लौटने में कुछ अस्वाभाविक देरी हो रही थी। काफी देर तक बेचैनी से कसमसाते रहने के बाद अन्त में वे चारपाई के नीचे उतर आए लेकिन आँगन में पहुँचते-पहुँचते उनका बदन ढीला पड़ गया और बजाय छत पर जाने के वे आँगन के कोने में नाली पर बैठ गए।

अर्द्ध निद्रा में डूबी राजकुमारी पर फिर से उसका सपना हावी होने लगा। रुई के फाहों जैसे बादलों के पार घोड़े पर सवार राजकुमार उड़ता चला जा रहा है, लेकिन ताज्जुब की बात थी कि आज राजकुमारी बड़ी तेजी से अपने और उसके बीच का फासला मिटाती जा रही है। राजकुमारी उसके बहुत पास पहुँच गई है—एकदम करीब, यहाँ तक कि राजकुमार का चेहरा काफी साफ दिखाई पड़ने लगा है। राजकुमारी चाहती है कि आज राजकुमार का चेहरा सुरेन्द्र की तरह हो जाए। लेकिन यह क्या—वह ठिठक कर खड़ी हो जाती है—आज तो राजकुमार का चेहरा एकदम शंकर की तरह लग रहा है—राजकुमारी के करीब आते ही शंकर ठठाकर उसकी तरफ दौड़ता है। उसकी बीभत्स पकड़ से बचने के लिए राजकुमारी जान लेकर भागती है। रुई के नर्म फाहों जैसे बादलों पर उसके पैर धँसते जाते हैं और राजकुमारी भागती जाती है। बार-बार लगता है कि अट्टहास करता शंकर किसी भी क्षण उसे पकड़ लेगा। हर बार वह घबराकर आँखें खोल देती है और हर बार नए सिरे से यही सपना किसी परिवर्तन की आशा से देखती है लेकिन हर बार शंकर का खौफनाक हाथ उसके सम्पूर्ण अस्तित्व को झिंझोड़ता हुआ, उसके इतने करीब आ जाता है कि पसीने से नहाई राजकुमारी घबराकर अपनी आँखें खोल देती हैं।

आँगन में मुंशीजी कितनी देर तक नाली पर बैठते ? दिसम्बर की सर्दी उनके बूढ़े बदन की हड्डियों तक को कँपकँपा दे रही थी। सर्दी से ज्यादा उनके मन की आशंकाएँ उन्हें मथ रही थीं। शाम से विनोद का मुँह कैसा उतरा-उतरा सा लग रहा था। कहीं ऐसा तो नहीं कि सचमुच उनकी नानी की कहानियों का राजकुमार किसी चक्रव्यूह में फँस गया हो ? बैठे-बैठे वे बेचैन होने लगे। उन्हें ऊपर जाना ही पड़ेगा। विनोद को एकाध बार छत पर बिन्नी के साथ जिस हालत में उन्होंने देखा है, उसे सोचकर वे अँधेरे में खुद से शरमाने लगे। लेकिन जैसे-जैसे देर होती जा रही थी, उनके मन की घबराहट बढ़ती जा रही थी। लड़का है भी तो कितना घुट। कुछ बोलता ही नहीं। चुपचाप न जाने क्या कर बैठे ? मुंशीजी और ज्यादा देर नहीं रुक

सके और दबे पाँव सीढ़ियों से ऊपर छत पर चढ़ गए।

राजकुमारी की चारपाई की पाटी पर सिकुड़ा पप्पू सो गया था और सोने में भी उसका चेहरा भिंचा हुआ था। अपने घर के अन्य लोगों की तरह उसे भी सपने देखने की बुरी आदत थी। लेकिन मजेदार बात यह थी कि सपने में उसे सेक्स नहीं सताता था। सपने में वह सिर्फ अनिल दादा को देखता था। अनिल दादा के नेतृत्व में पार्क में बैठकर मोहल्ले के लड़कों के साथ शंकर की दुकान लूटने की योजना बनाते हुए वह खुद को और दोनों हाथ ऊपर उठाए, भौंचक्के, असहाय शंकर को देखता था। सपने में पहले से बनाई गई स्कीम में केवल एक फर्क यह आता है कि अनिल दादा की हिदायत के बावजूद, भागते समय पप्पू नकाब उतारकर अपना चेहरा शंकर को दिखा देता है, जिससे शंकर का मुँह और ज्यादा खुल जाता है। आज भी पप्पू को यही सपना दिख रहा है और सपने के दौरान पहले की तरह आज भी उसका चेहरा भिंचा हुआ है।

सीढ़ियाँ खत्म होने के बाद एक चौखट और चौखट के पार छत है जो निचले हिस्से के मुकाबले कहीं ज्यादा गहरे अँधेरे में डूबी हुई है। दिसम्बर की सर्द, मध्य रात्रि बूँद-बूँदकर टपक रही है और चारों तरफ लटकी हुई पाले की बूँदों के बीच देखने की तकलीफदेह कोशिश करते हुए मुंशीजी चौखट पर खड़े हैं। पता, नहीं उनके और बड़े बाबू की छतों को विभक्त करनेवाली मुँडेर के दोनों ओर खड़े विनोद और बिन्नी की कुहाछन्न, धुँधली आकृतियाँ थीं या दर्द की काँपती हुई स्वर लहरियों की तरह छा जानेवाली हल्की-हल्की सिसकियाँ जो विनोद के क्षीण कंठ से तैरती हुई मुंशीजी के कानों से टकरा रही थीं, जिन्होंने मुंशीजी को अभी तक नीचे लौटने नहीं दिया था। बिन्नी हौले-हौले विनोद का सर सहला रही थी। विनोद सिर्फ पाजामा-कमीज पहने था। मुंशीजी का मन हुआ कि नीचे से एक कम्बल लाएँ और उसे ओढ़ा दें लेकिन वे चुपचाप नीचे उतरे और अपनी चारपाई पर रजाई में चेहरा ढककर, दीवार की तरफ मुँह करके लेट गए।

●●●